中华
ZHONGHUA

魂
HUN

百部爱国故事丛书

壮心系科学 孜孜为国昌

——理论化学家唐敖庆

方玉环　编著

吉林人民出版社

图书在版编目（CIP）数据

壮心系科学　孜孜为国昌：理论化学家唐敖庆 / 方
玉环编著 . -- 长春：吉林人民出版社，2011.3 （2021.8 重印）
（中华魂·百部爱国故事丛书）
ISBN 978-7-206-07571-1

Ⅰ . ①壮… Ⅱ . ①方… Ⅲ . ①故事－中国－当代
Ⅳ . ① I247.8

中国版本图书馆 CIP 数据核字 (2011) 第 032632 号

壮心系科学　孜孜为国昌
——理论化学家唐敖庆
ZHUANGXIN XI KEXUE　ZIZI WEI GUOCHANG
——LILUN HUAXUE JIA TANG AOQING

编　　著：方玉环
责任编辑：郭　威　　　　封面设计：孙浩瀚
制　　作：吉林人民出版社图文设计印务中心
吉林人民出版社出版 发行（长春市人民大街7548号　邮政编码：130022）
印　刷：北京一鑫印务有限责任公司
开　本：787mm×1092mm　　1/16
印　张：8　　　　字　数：64千字
标准书号：ISBN 978-7-206-07571-1
版　次：2011年3月第1版　　印　次：2021年8月第2次印刷
定　价：35.00 元
如发现印装质量问题，影响阅读，请与出版社联系调换。

总　序

　　《中华魂》是一套故事丛书。它汇集了我国自鸦片战争以来一百八十余年间的近百位民族英雄、仁人志士、革命领袖、先进模范人物的生动感人事迹，表现了他们作为中华儿女的伟大的爱国主义精神。

　　爱国主义是人们对于"生于斯、长于斯、衣食于斯"的祖国的一种神圣感情，是人们对于自己民族的一种强烈的责任感和使命感，是感召和激励整个中华民族的一面永不褪色的旗帜。在一百多年的中国近现代史上，爱国主义一直激励着中华儿女为祖国的独立、统一、进步和繁荣而英勇奋斗。从"苟利国家生死以，岂因祸福避趋之"的林则徐，到"我自横刀向天笑，去留肝胆两昆仑"的谭嗣同;从"铁肩担道义,妙手著文章"的李大钊,到"青春换得江山壮,碧血染将天地红"的赵一曼;从"县委书记的好榜样"的焦裕禄,到"问鼎长天,扬我国威"的邓稼先……都表现出了强烈的爱国主义精神。正是由于热爱祖国的人们前仆后继地奋斗,国家和民族才得以生存,才能够在一次次历史危急关头转危为安,走向兴盛和富强,从而屹立于世界民族之林。爱国主义是鼓舞中华儿女历经忧患、跨越沧桑、百折不挠、自强不息的伟大力量,它贯穿于中华民族的整个历史,并有力地凝聚着五洲四海的中国人。

爱国主义是一个历史的范畴,在社会发展的不同阶段、不同时期有不同的具体内容。革命时期,需要我们为祖国的独立自主出生入死;建设时期,需要我们为祖国的繁荣富强增砖添瓦。在全国各族人民团结一心,开启全面建设社会主义现代化国家新征程的今天,我们要争做一名新时期的爱国者。新时期的爱国者要有强烈的民族自尊心、自豪感。民族自尊心、自豪感是任何时期、任何爱国者都必须具备的情感。民族自尊心能增强我们自立向上的恒心,民族自豪感能树立我们建设祖国的信心。要树立"祖国高于一切"的崇高信念,为了祖国和人民的利益不惜抛却个人的利益,甚至不惜牺牲个人的生命。我们要树立终身学习的理念,拓宽自己的知识面,广泛吸收新知识、新技术,完善自身的知识结构,更新学习知识的方法与理念,从思想上、知识上充分武装自己,为祖国的繁荣昌盛贡献力量。

爱国主义思想的继承和发扬,是关系到民族盛衰、国家兴亡的根本问题。爱国主义思想情操的形成,需要不断地培养。培养爱国主义精神的一个重要途径是向英雄人物和典范事迹

003

学习和致敬。这套丛书的出版,对于青少年向英雄和先进人物学习,特别是对于在中小学生中进行爱国主义教育是不可多得的生动的教材。祝愿此书出版发行成功,为培养时代新人做出贡献。

胡维革

中华魂
百部爱国故事丛书

编 委 会

策　划：　胡维革　吴铁光
　　　　　林　巍　冯子龙
主　编：　胡维革　邢万生
副主编：　贾淑文　杨九屹
编　委：　（按姓氏笔画为序）
　　　　　于二辉　刘士琳
　　　　　刘文辉　孙建军
　　　　　李艳萍　吴兰萍
　　　　　谷艳秋　隋　军

我们老一代学者，要花大力量培养青年一代，我之所以担任行政工作以来，没有放弃教学和科研工作，就是因为我觉得培养青年人才是关系到我们国家未来的大事。为了中国科学的未来，为了祖国的昌盛，我愿意耗尽自己的余生。

——唐敖庆

目　录

中华魂 百部爱国故事丛书
ZHONGHUA HUN

唐敖庆，是我国著名理论化学家、教育家和科技组织领导者，也是中国理论化学研究的开拓者，在配位场理论、分子轨道图形理论、高分子反应统计理论等领域取得了一系列杰出的研究成果，对中国理论化学学科的奠基和发展做出了杰出贡献。

唐敖庆1940年毕业于西南联合大学化学系，1946年赴美考察期间经曾昭抡介绍入美国哥伦比亚大学学习，并于1949年获哥伦比亚大学博士学位。1950年初辗转回国并投身教育科研事业。

唐敖庆一生都奉献给了教育和科研，他曾先后担任吉林大学教授、名誉校长、复旦大学兼职教授、国家自然科学奖励委员会主任、国务院学位委员会委员、中国科协副主席、中国科学院主席团成员、中国

唐敖庆

壮心系科学 孜孜为国昌

——理论化学家唐敖庆

化学会理事长、《国际量子化学杂志》编委、《高等学校化学学报》主编等职务；也曾是第二届、第三届全国人大代表，第六届全国政协委员、第七届和第八届全国政协常委，中国共产党十大、十一大、十二大代表。

在担任国家自然科学基金委员会首届主任期间，唐敖庆主持并创建了中国的科学基金制度，这一制度的建立和发展对我们自然科学事业的发展起了非常重要的作用。

少小求学

唐敖庆1915年11月18日生于江苏宜兴一个农民家庭。父亲开杂货铺，母亲操持家务。6岁时母亲因病逝世，临终嘱咐他："一定要好好读书。"生母去世后，唐敖庆由继母养大成人。继母褚咏梅出身书香门第，30余岁婚配，将大量书籍作为陪嫁带到唐家。

褚咏梅喜欢聪明、憨厚的唐敖庆，并且对他说："家里的书，就是你的书，喜欢的话你就随便看吧！"在继母的教育和影响下，唐敖庆如醉如痴地阅读了《西游记》《水浒传》《封神演义》《红楼梦》《说岳全传》《聊斋志异》等古典文学名著……家里的书读完了，便从亲友家借。这不但培养了他对文学的爱好，也使他养成了良好的读书习惯。

1921年，唐敖庆入养初小学读书，校长史本直老师把枯燥无味的地理讲得娓娓动听，语文老师潘汉年绘声绘色、引人入胜的讲课，都给他留下深刻的印象。六年级时，他转到鹅山小学就读。教数学课的杨逸群校长善于启发学生独立思考，在其教导下，唐敖庆对数学产生了浓厚的兴趣，十分热衷于求解那些富于开发智力的综合练习题，表现出非凡的数学天赋。这一时期的数学启蒙教育成为他后来酷爱数学的良好开端。

1928年唐敖庆小学毕业，考入和镇彭城私立中学。由于父亲患肺病，他每天放学后需到店中帮助接待顾

客。经常忙到很晚才能在油灯下学习，直到深夜。因此，导致他的眼睛过早地近视到七八百度。

1931年唐敖庆初中毕业，由于家境困难，父母令他辍学经营店铺。由于他成绩优异，才思敏捷，徐槐青等两位老师不忍他失去深造的机会，登门劝说他父母，父母才让他投考膳宿免费的无锡师范学校（原名江苏第三师范学校）。时至今日，他仍念念不忘这两位老师的帮助，常说："若没有这两位老师的劝说，我还不知今日干什么呢？"唐敖庆入学后不久，九一八事变爆发，他出于"天下兴亡，匹夫有责"的爱国激情，积极投身到抗日救亡运动的洪流中，参加了无锡市学联组织的赴南京请愿团。从此，他更加关心国家大事，经常阅读邹

西南联大赴滇旅行团

韬奋主编《生活》杂志等进一步书刊。

在无锡师范学校，唐敖庆学习成绩优异。他除了酷爱数学和文学外，尤其喜爱化学。当时讲授化学的张汝训老师能够深入浅出地联系实际讲解化学的广阔应用前景，并在课堂上演示种种奇妙的化学实验，这引发了他对化学的兴趣，终于使他走上献身化学之路。

1934年师范毕业后，唐敖庆被聘为宜兴县官林镇凌霞小学教员。为继续求学，一年半之后他到扬州中学补习了半年英语、数学和语文。1936年夏他同时考取了北京大学化学系、同济大学土木建筑系和北平大学化工系。由于当时北京大学化学系主任曾昭抡是一位很有成就和影响力的化学家，唐敖庆渴望能在曾昭抡的指导下努力深造，于是选择了北京大学。

入学不到一年，1937年七七事变，日本发动了全

西南联大赴滇旅行团到达昆明

——壮心系科学 孜孜为国昌
——理论化学家唐敖庆

面的侵华战争，唐敖庆随校南迁，入长沙由北大、清华、南开三校组成的临时大学。但立足未稳，又迁昆明，改为西南联合大学。唐敖庆在长沙参加了师生赴滇旅行团。一路上脚踏草履、风餐露宿，历尽艰辛，历时71天，行程3 000余里，终于在1938年5月到达昆明。这段经历锻炼了他的毅力，也进一步接触了社会，使他终生难忘。

　　1938年4月28日到达昆明的西南联大。西南联大继承了"五四"的光荣传统，具有民主和科学的优良校风，而且名师云集。尽管当时的生活条件非常艰苦，

西南联大图书馆

唐敖庆除参加爱国的民主运动外，仍孜孜不倦地学习。1940年毕业时，因学习成绩优异被留校任助教。限于当时的条件，他无法开展科学研究，就在教学之余去物理系、数学系旁听一些名教授讲课。这期间，曾昭抢、杨石先和黄子卿在化学方面，吴大猷、王竹溪在物理方面，陈省身、华罗庚在数学方面，都给了他很大影响，从而使他具有了坚实的数学和物理基础，这对唐敖庆从事理论化学研究非常有帮助。

1943年5月，他的未婚妻史光夏，由宜兴步行3 000里，来到昆明与他结婚，生活条件甚是困难。在系主任杨石先的帮助下，到昆明城郊一所中学兼课，生活和工作的重担没有压倒他。他仍孜孜不倦地学习。

赴美考察

1946年，唐敖庆与王瑞駪、李政道、孙本旺等一起，分别作为曾昭抡、华罗庚和吴大猷三位教授的助手，被派往美国考察原子能科学。后经曾昭抡的推荐，唐敖庆进入哥伦比亚研究生院化学系，在哈弗尔德（R.Halford）教授指导下攻读博士学位。

关于唐敖庆与导师哈弗尔德之间还流传这样一个小故事：

那是1946年初秋的一天，一艘远洋客轮驶离了上海港，进入波涛汹涌的大海。31岁的唐敖庆站在甲板上，任海风温柔地吹拂着面颊，眺望着水天一色的远方，对未来充满了美好的憧憬。船到达旧金山，唐敖庆上岸，先行到达美国的曾昭抡先生正在那里等候他。曾先生微笑着说："你在这儿先休息

唐敖庆

两天，然后就去哥伦比亚大学研究生院，静下心来读学位吧，我已和你的导师哈弗尔德教授谈过了，他非常欢迎你。"

唐敖庆怀着惴惴不安的心情走进了哥伦比亚大学

研究生院化学系，见到了40岁出头、身材魁梧、目光炯炯的哈弗尔德教授。"欢迎您，唐先生！"哈弗尔德教授紧紧握住了唐敖庆的双手，"您的情况，我已从曾教授那里听到了，我很高兴和您合作！"

唐敖庆满怀为国争光的豪情，以坚韧不拔的毅力、无坚不摧的锐气开始拼搏了。他的两脚急匆匆地奔走于化学系与数学系之间。在这个系刚刚下课，又匆匆忙忙地赶往另一个系。他好像有使不完的精力，"唐先生，听说您在听两个系的课？"一天，哈弗尔德教授疑惑不解地问唐敖庆。唐敖庆有些不好意思，然而却语气坚定地说："教授先生，我想同时拿两个学位！""原来是这样！"导师不禁吃了一惊，"您吃得消吗？您在

曾昭抡

曾昭抡：字叔伟，1899年5月25日出生于湖南省湘乡县一个书香门第之家。父亲曾广祚是前清举人，母亲陈季瑛出身名门，兄弟姐妹13人，曾昭抡排行第二。1912年曾昭抡考入长沙雅礼中学，1915年又考入学制为8年的清华留美预备学校，因成绩优异，插班入四年级。1920年曾昭抡毕业赴美国留学，在麻省理工学院攻读化学工程，三年内修完了四年的课程。

其后，曾昭抡又转攻化学，于1926年完成了博士论文《有选择性的衍生物在醇类、酚类、胺类及硫醇鉴定中的应用》，获科学博士学位。

美国只有三年时间哪！"这是他闻所未闻的事情。在一般情况下，在这样短的时间里，拿到一个学位，都是很艰难的呀！"这是为了更好地从事理论化学研究的需要！"唐敖庆向导师解释说。导师被深深地感动了。他第一次感到，这个谦和的中国青年学者身上散发着

哥伦比亚大学

——理论化学家唐敖庆

壮心系科学 孜孜为国昌

一种少见的蓬勃的朝气。

华罗庚

为了能在有限的时间内完成两个学位的学习，唐敖庆非常刻苦，但是长期过度紧张的学习使视力急剧减退，近视已过千度。一天，一个巨大的打击忽然向唐敖庆袭来：他的眼病又犯了。上课时，即使坐在第一排，老师的板书在他的视网膜上也是模糊不清的一片。翻阅文献，只有把书放在离眼睛几个厘米的位置，才能勉强看得清楚。艰苦的思维活动，绷紧的大脑神经，他的视力更加衰退了。这个情况对急于求学的唐敖庆而言不啻于五雷轰顶，他的大脑像要炸开了：保护眼睛的最有效措施，莫过于不看书，而不看书就意味着告别科学研究，熄灭心中的理想之火。

夜深了，唐敖庆躺在床上久久不能入睡。这时，他自幼就奉为信条的太史公的一段话又在脑际闪现出来："昔西伯拘里，演《周易》；孔子厄陈、蔡，作《春秋》；屈原放逐，著《离骚》；左丘失明，厥有《国语》；孙子膑脚，而论兵法；不韦迁蜀，世传《吕览》；

韩非囚秦，《说难》《孤愤》；《诗》三百篇，大抵贤圣发愤之所为作也。"想到这里，他的心灵不觉为之一震："古人尚且发愤之所为，我唐敖庆奈何不能眼疾而成为科学家呢？"

为了不过多地使用眼睛，唐敖庆开始训练自己强记的本领。上课时，仅仅靠耳朵，靠惊人的记忆力，把教授们的讲授内容、要点，包括那些令人头晕目眩的化学符号和公式一一贮存在大脑里，就像电子计算机贮存信息一样。每当课后，他又把大脑中的记忆追记在笔记本上，就像打开电子计算机的输出装置，复制出一张张原始资料一样……唐敖庆比他的同学们洒下了更多的汗水，付出了更多的心血，也得到了其他同学无法比拟的收获：他不仅在学业上一直处于领先地位，而且练就了惊人的强记本领。入学仅一年左右，唐敖庆以优异成绩通过了博士资格考试，并获该校象征能打开科学宝库的"金钥匙"奖。

在哥伦比亚大学学习后期，随着人民解放战争的进展，人民解放军节节胜利的消息不断传来，在哥伦比亚大学读书的300多名中国留学生产生了明显的政治分歧。多数留学生感到欢欣鼓舞，期待反动、腐朽的蒋家王朝的覆灭，人民革命的彻底胜利；也有少数人忧心忡忡，惶惶不可终日。由国民党特务分子控制

哥伦比亚大学

哥伦比亚大学（Columbia University）它位于美国纽约市曼哈顿。它于1754年根据英国国王乔治二世颁布的《国王宪章》而成立，命名为国王学院，是美洲大陆最古老的学院之一。美国独立战争后为纪念发现美洲大陆的哥伦布而更名为哥伦比亚学院，1896年成为哥伦比亚大学。

哥伦比亚大学属于私立的常春藤盟校，由3

个本科生院和13个研究生院构成。哥伦比亚学院是美国最早进行通才教育的本科生院，至今仍保持着美国大学中最严格的核心课程。它的研究生院更是以卓越的学术成就而闻名。整个20世纪上半叶，哥伦比亚大学和哈佛大学及芝加哥大学一起被公认为美国高等教育的三强。至2007年，哥伦比亚的校友和教授中一共有87人获得过诺贝尔奖。此外，学校的教育学、医学、法学、商学和新闻学院都名列前茅。其新闻学院颁发的普利策奖是美国文学和新闻界的最高荣誉。其教育学院是全世界最大、课程设置最全面的教育学院之一。

的伪"哥伦比亚大学中国学生会"，为了消除解放战争胜利消息的影响，妄图向新任哥伦比亚大学校长艾森·豪威尔献上一面青天白日旗——国民党统治下的旧中国的国旗，为即将遭到灭顶之灾的国民党政府张目。

"真是丢尽了中国人的脸！"唐敖庆对中国学生会

的可耻行径十分气愤。他发
起组织了一次签名活动，抗
议举办"慈善舞会"。有60多
名中国留学生在抗议书上签
了名。唐敖庆把这份抗议书
交给了中国学生会的负责人
——一个国民党分子。这个
负责人不屑地溜了一眼抗议
书，鄙夷地说："你不是会员，没有发言权。"

吴大猷

一天下午，唐敖庆和十几位进步同学相邀，在一
个教室里商量如何阻止"哥伦比亚大学中国学生会"
的可耻行径。我国著名外交家、当时在美国出版的颇
有影响的《华侨日报》任主编、后来曾任联合国副秘
书长的唐明照同志也应邀参加了会议。

与会者对多数中国留学生的政治觉悟和是非观念
是充满信心的，就是苦于无法联系。"你们也可以组织
起来嘛！"唐明照同志插话说。

"对呀！"有着多年学生运动经验的唐敖庆恍然大
悟，"他们有中国学生会，我们也可以成立一个中国同
学会。我们有了组织就可以团结起来，统一行动了！"
大家都赞同唐敖庆的意见。

经过充分的酝酿和选举，中国同学会诞生了，在

留学生中享有很高威信的唐敖庆当选第一届理事会的主席。后来"哥伦比亚大学中国同学会"积极与"中国同学会""中国留美科学工作者协会"等进步组织一起，开展了许多活动，如于1949年10月在纽约河滨教

河滨教堂

壮心系科学 孜孜为国昌

——理论化学家唐敖庆

50年代，唐敖庆教授在指导学生邓从豪（前山东大学校长、中科院院士，左一）

堂(Riverside church)附近的国际学生公寓举办庆祝中华人民共和国成立的大会，介绍国内情况，向联合国发出签名通电，要求驱逐国民党代表，接纳新中国的代表；发起慰问中国人民解放军的"一人一元劳军运动"等。

1949年夏天，唐敖庆写出了题为《相互独立粒子的统计理论》的博士论文，向理论化学的高峰开始了首次进击。他不想急于答辩，他要等待那一伟大时刻到来的时候再进行答辩，他要把博士学位献给新中国。

1949年10月1日，新的曙光从东方升起。唐敖庆欣喜万分，热泪盈眶，彻夜难眠。为尽早回到自己的祖国，实现报国的愿望，唐敖庆申请论文答辩的同时开始办理回国的手续。

后来唐敖庆顺利通过论文答辩，并取得了博士学位，哥伦比亚大学为了表彰唐敖庆出色的学习成绩，奖给他一枚象征能够打开科学大门的金钥匙。

当时正值第二次世界大战结束不久，美国国内年轻的科技人才严重缺乏，美国政府竭力笼络各国留学生留在美国，国民党特务也百般阻挠留学生返回中国。唐敖庆冲破重重阻力，终于办好了离境手续。

听说唐敖庆要返回中国，他的同学无不惋惜地说："美国是当今世界科学中心，你留在美国前途不可限量！"他毫不犹豫地说："祖国需要我，我在祖国会更有前途。"

在哥伦比亚大学的几年时间，唐敖庆和导师哈弗尔德教授感情非常深厚，当得知唐敖庆即将回国的消息，哈弗尔德教授特意把他请到家中，设宴款待。席间，哈弗尔德深情地说："我对国共两党谁是谁非并不了解，也不妄加评论，不过贵国目前相当落后我是确信不疑的。你回到那里，继续从事您的科学研究是相当困难的！"

"教授先生，"唐敖庆放下餐具，激动地说，"我知道我的祖国现在是满目疮痍，百废待兴。但您知道，

壮心系科学 孜孜为国昌

一个爱国者是不会嫌弃他的祖国的贫困的。改变祖国贫困落后的面貌，正是每个爱国者义不容辞的责任！"

哈弗尔德教授被唐敖庆强烈的爱国热忱深深地打动了。他理解唐敖庆的心情，把最珍贵的文献资料赠给他，并祝愿他回国后在科学研究中取得成就。

终于在冲破重重阻力之后，唐敖庆于1950年初回到了祖国。从此，唐敖庆开始了献身社会主义建设事业的光辉历程。

走 进 吉 大

1952年夏天对唐敖庆来说尤为重要，那是他人生的一个重要选择，而这个选择注定了他与吉林大学几十年的不解情缘。

那年北京大学还未从市内搬到市郊颐和园附近。唐敖庆的夫人史光夏也已从宜兴迁到北京，在一所小学担任教员。他们就住在校园里，与我国著名的教育家、人口学家马寅初校长的宅第毗邻。往日，唐敖庆这时不是疾走如飞，就是用力舒展一下腰肢。可今天，他却神色凝重，双眉紧锁，心事重重。他的脑海里又浮现出曾昭抡先生和自己谈话的情景。

"敖庆，今天想和你商量一件事，这件事对你来

吉林大学

建校于1946年10月5日，当时校名为东北行政学院；几经变迁，1950年3月31日易名为东北人民大学；1958年8月11日，东北人民大学更名为吉林大学，郭沫若为吉林大学题写校名。1960年10月22日，中央正式批准吉林大学为国家重点综合性大学。1984年6月，国务院批准了包括清华大学、北京大学、中山大学、吉林大学等22所重点大学首批试办研究院，8月8日吉林大学研究生院成立。新的吉林大学于2000年6月12日由原吉林大学、吉林工业大学、白求恩医科大学、长春科技大学、长春邮电学院合并组建而成。2004年8月29日，原中国人民解放军军需大学并入吉林大学。

——壮心系科学 孜孜为国昌
理论化学家唐敖庆

　　50年代，唐敖庆教授（左一）与校长匡亚明（左二）、历史学家金景芳（右一）在一起

022

讲也许是非常重要的。东北作为重工业基地，没有一所综合大学。教育部想在只有文科的东北大学增设理科，办成综合性大学，你愿不愿意到那里去，有什么困难没有……"时任中央教育部副部长的曾昭抡先生问唐敖庆道。

　　要说困难，唐敖庆随口可以讲出几条，但他却说："我服从组织上的分配。"语气是那样的坚定，唐敖庆想的是到东北去可以更充分地发挥自己的作用。他觉得组织上让他去，是让他到那里去创业，使教育更能适应国家建设发展的需要。原来1952年，教育部决定对全国高等院校进行调整，决定在原来只有文科的东北人民大学增设理科，把它办成一所综合性大学，并从全国各地的综合性大学选派一些理科教师去任教。

曾昭抡先生对唐敖庆一向十分关心，因此唐敖庆想到东北去工作的心愿他是不会不知道的。即使这样，他仍语重心长地说："说心里话，从学校角度讲，我们是舍不得放你去的。你的业务能力、教学水平是有目共睹的。但是建设一所新的大学也非常需要像你这样的人才啊！"

"曾先生，我理解您的心情。国家办一所新的综合性大学会有很多困难，那里更需要我。"

任何事情说起来容易，做起来却并非那么简单。

50年代，唐敖庆教授在给学生讲课

壮心系科学 孜孜为国昌

——理论化学家唐敖庆

50年代，唐敖庆教授（前左三）与著名科学家钱三强
（前左二）在一起

从内心讲，唐敖庆不愿意离开北京大学，这里不仅是
他事业的起点，也是他踏进科学殿堂的起点。在北大，

他洒下了自己辛勤的汗水，为培养新中国的第一代大学生，他先后开设了普通化学、物理化学、统计力学、化学动力学等五门课程，借此培养更多的化学类人才。从这点上讲，北大寄托着他的理想和希望。现在，远去吉林就意味着他要告别北大、放弃现有的事业，在另一个地方重新开始一切，内心的波澜和对北大的恋恋不舍在内心剧烈地翻滚……

再者，那时候唐敖庆的家人刚刚聚在一起，妻子怀孕，还有一个月就要临产；岳母也已是年逾花甲的老人，历来身体虚弱；家人是南方人，对北京的气候都不曾真正适应；而陌生寒冷的东北、更加恶劣的气候和截然不同的饮食习惯，他们怕是更难以适应。自

己坚决地做了决定，可家人能否同意他去吉林是茫然未知的，更何况和他一起举家搬迁？他们能同意吗？能理解自己吗？迷惘和惆怅深深地萦绕在唐敖庆周围……

然而想起革命先烈舍生忘死、前赴后继的英雄业绩，唐敖庆的心中好像吹过一股强劲的春风，他的眼前豁然开朗起来：到东北去，到那里去创业、去奠基！感情上的依恋和生活上的困难算什么，在国家大义面前，家人不理解也会是暂时的、微不足道的，相信他们迟早会理解和支持我。

唐敖庆耐心的做了家人的思想工作，起初的不理解被逐渐消弭。不久，唐敖庆一家六口全迁到了吉林长春，他被任命为东北人民大学（后改为吉林大学）物理化学教研室主任。

长春是一座有名的森林城市。宽阔的街道两旁，树荫如盖，郁郁葱葱。从飞机上向下俯视，整个城市宛若一片茂密的森林。

吉林大学是在原来东北行政学院的基础上扩建的，位于整个城市的中南部。一条马路将教学楼、办公楼、学生宿舍和食堂分隔在两边，这种格局被人戏称为"马路大学"。

到吉林之前，唐敖庆对吉林大学的艰苦环境和所面临的困难做了种种"周到的"设想，自认为已作了充分的思想准备。然而现实的情景还是让他大吃一惊：化学系在一幢日伪时期建起来的二层小楼里面，且只占有的一层。办公室很小很小，30几名教职工挤在一起办公，纷乱嘈杂。教师数量也远远不及北大，全体人员加起来大约只相当于北大一个教研室的人数，实验设备、仪器、药品更是无从谈起。更艰苦的是学生做化学实验的地方居然是食堂的地下室改做的；实验桌是一张类似卖肉案板似的条桌；酒精灯是用墨水瓶做的；实验仪器极为简单；所谓的实验也只能是一些最基本的操作……

吉大理化楼

壮心系科学 孜孜为国昌
——理论化学家唐敖庆

唐敖庆教授在实验室指导学生做实验

　　看到这些，唐敖庆迷惘了。"难道哈弗尔德教授的劝说是对的，我不应该这样匆忙回国，这样差的条件，怎么能培养出高水平的学生，又怎么能取得世界第一流的科研成果呀？"唐敖庆默默地问自己。

　　"不，不，我没有错！"唐敖庆及时地否定了自己这种消极的想法。为国献身、为国争光的激情像火山喷出的岩浆一样在他的胸中奔突。他相信，在人民当家作主的年轻的共和国的土地上，在这所由共和国自己建立的大学里，一定会出现举世瞩目的业绩，困难只能是暂时的，环境也是可以通过努力改变的。

　　面临这种困难的不仅是唐敖庆一个人，当时还有许许多多的大学教师像他一样，从北京大学、燕京大学、清华大学、大连工学院、东北工学院汇集到这里。他们当中有全国闻名的数学家王湘浩、王柔怀、江泽坚、徐利治，物理学家余瑞璜、吴式枢、朱光亚、苟清泉……化学系更是群星荟萃，有以实验技术高超著称的蔡镏生，有生物化学家陶慰孙，富有办学经验的老化学家关实之……特别是还有德高望重的我国著名教育家、历史学家吕振羽担任校长。"有这么多人才同心协力，艰苦创业，还愁办不成第一流的大学吗？"想到这些，唐敖庆对学校的未来更是充满了信心和力量。

建校伊始，教师数量远远达不到教学要求，很多人都是身兼几门课业的教学工作。唐敖庆更是满怀着火一般的热情，投身到教学第一线。到校的第一年他

50年代，著名科学家钱学森（左一）来吉林大学访问

工作中的唐教授

就开始授课，第二年就带上了研究生，同时还积极开展科学研究。为尽快培养第一代大学生，他昼夜辛劳，一个人主讲无机化学、物理化学、物质结构、热力学、动力学、统计力学等十几门课程。有时一周的课时达16个小时之多，这种密集的课时安排相当于正常情况下二、三个教员的工作量。

唐敖庆的每一门课程都有严密的科学体系和独特的风格，主讲那么多门课，每次走上讲台的他却从来不带教案，只凭一张嘴、几根粉笔和他堪比电子计算机一般的大脑，准确清晰地输出一个又一个复杂的理论、化学公式与计算。这种独特的风格、严密的体系令学生心驰神往，使他们兴趣盎然地步入那色彩斑斓、变幻无穷的化学殿堂。

唐敖庆对待教学有着无可比拟的严谨，他那种严格科学体系的讲课内容，融会贯通、运用自如、深入浅出的讲课风格，以及语言准确、精炼、富于逻辑性和启发性的讲课艺术，在学生心中打下了深深的烙印，使很多学生赞叹不已。系主任蔡镏生先生是一位教学经验十分丰富的老教授，他的耳中时常听到同学们对唐敖庆的赞誉之声。好奇之余便决定亲自去听唐敖庆的课。过后，蔡镏生先生十分感慨地对系里的教师们说："唐敖庆能将基础课讲到这种程度，真不容易。有学问！"后来在唐敖庆的言行影响下，吉林大学不仅培养了一支基础理论坚实、作风严谨、擅长讲课的主讲教师队伍，而且为我国化学特别是物理化学专业培养了一批科研骨干。

蔡镏生

唐敖庆对吉林大学的建设和发展做出了重要贡献。他刚到吉林大学时，这所大学在全国被排在第13名。

唐敖庆教授在辅导青年教师

1956年，他作为副校长，主管学校科研工作。作为校长匡亚明的助手，他们共同决策学校的教学和科研，推动了学校事业迅速发展，教育质量有了显著的提高，使吉林大学于1959年进入了国家重点综合性大学的行列。

从1978年起，他担任吉林大学校长，自觉地贯彻把重点高等学校办成"既是教育中心又是科研中心"，使学校各项事业又取得新的发展，在教学质量和科学水平提高上又有若干新的突破。1984年经国务院批准，吉林大学被列入首批试办研究生院的重点院校，使吉林大学进入到一个新的历史发展阶段。唐敖庆还在

1978年创办吉林大学理论化学研究所，兼任所长。1986年起改任名誉所长。现在该所已经成为国内理论化学中心，在国际上有一定声誉。鉴于唐敖庆对吉林大学的贡献，在1986年吉林大学40周年校庆时，学校赠他一块题为"功昭校史"的横匾。

1990年6月21日在吉林大学举行庆祝唐敖庆教授执教50周年大会上，吉林大学校长伍卓群向唐敖庆教授敬献"拼却老红一万点，换将新绿百千重"的贺幛，高度概括和赞扬了他执教50年的风貌。

多年后当谈及放弃刚上轨道的北大工作，远赴东北去创业这个抉择时，唐敖庆十分欣然地说，"虽然北大寄托着我的理想和希望，但是国家办一所新的综合性大学会有很多困难，那里更需要我。"

教 学 创 新

唐敖庆历来主张高等学校的教师应该既从事教学又搞科学研究，必须同时具备这两种能力。因为这二者之间是相互促进、相辅相成的。搞教学的教师知识面要宽，但不搞科研，教学就达不到应有的深度，教学质量也不能提高；搞科研的教师在某一领域的知识要有深度，但不搞教学就无法开拓知识面，科研水平

也很难提高。在吉大建立之初，唐敖庆曾对刚从国内几所大学毕业的青年助教说："读书是一辈子的事儿，没有读完的时候，必须结合教学、科研来补充提高。这样就不至于如同掉进汪洋大海而不知方向了。"

唐敖庆一贯重视教学工作，并身体力行，即使进入老年之后，仍然坚持在教学第一线，继续进行开拓性的教学工作。师生对他讲课的反映是："唐敖庆师讲课常听常新，永远保持着有国际水平的新鲜内容。""听唐敖庆师讲课，好比是一次艺术享受，听别人的课可能会开小差，但是唐先生的课，每句话都想听。""听唐先生的一节课，就好像读了一部书！""听唐先生一节课，胜过以往几年的学习！"如今已是中科院院士冯守华谈起他曾有幸听唐敖庆讲课时的感受说，"他声音特别洪亮，不带教案，讲课就像讲故事，有激情，引人入胜。"这是由衷的赞叹，也是崇高的评价！

由于唐敖庆青年时代就患有高度近视，从大学学习开始便练就成惊人的记忆力，所以在备课时，主要靠思维记忆，只写个简单提纲就走上讲坛，讲课深入浅出，富有逻辑性和启发性。他这种独特的讲课风格，在课堂上可以使师生精神高度集中，思维活动交织在一起，对提高教学效果是很起作用的。他的广博学识与精湛的讲课艺术，对中青年师资的培育影响深远。

唐敖庆经常教育自己的研究集体，要正确对待科研成果，注意加强科研道德修。他认为，一项科研成果的取得往往是许多人合作的结果，导师与助手之间、同事与同事之间一定要相互尊重。有贡献的同志一定要尊重别人的劳动；年长的同志要注意培养年轻的同志，把自己的想法告诉他们，将自己考虑的课题交给他们，搞出了成果，我们年长的同志一定要尊重他们的劳动。在发表论文署名问题上，唐敖庆的原则是："是我的主要思想，并付出了劳动，我的名字可以放在前面；在我指导下完成的，我的名字放在后面；我只提了些意见，不能写我的名字。"

壮心系科学 孜孜为国昌

桃李天下

　　唐敖庆非常注意人才培养，先后于1953年在青岛、1954年在北京举办了两期物质结构暑期进修班，培养了我国第一批物质结构师资；1958—1960年、1963—1965年在长春先后主办了以学术前沿重大课题为研究方向的高分子物理化学学术讨论班与物质结构学术讨论班，在这两个讨论班上，唐敖庆在国内首先开出了高分子物理化学方面的系列课程和群论及其在物质结构中应用方面的系列课程。1978—1980年，以吉林大学为主，联合山东大学、北京师范大学、厦门大学、四川大学、云南大学和东北师范大学等高校，在长春共同举办了量子化学研究班和进修班，学员来自全国高校和科研单位，共有中、青年教学科研人员259人。此后还办了多次短期讲习班，1985年4月、1987年7月先后在复旦大学、南京大学举办了

徐光宪

微观反应动力学讲习班，1986年暑期与徐光宪等在长春举办了量子化学教学研究班，1988年、1989年的暑期，他又在长春举办了长春地区和全国的高分子标度理论讲习班等。

从1953年到1966年，唐敖庆先后指导过物质结构、高分子物理化学专业方面的20多名研究生；1978年恢复研究生制度以来，他共招收了14名博士生、26名硕士。唐敖庆的这些行动使中国量子化学水平有较大提高，并为中国培养了一大批高级量子化学人才。

唐敖庆一贯重视多层次地培养人才，特别是把培养高水平的学术领导人作为自己对国家最重要的贡献。他已培养研究生60余名，其学生几乎遍布全国理科院校化学系，其中一些人已成为国内第一流的学术

唐敖庆教授与他的学生在一起

领导人。每当提到他"桃李满天下"时，他总是说："我也是在老师的悉心培养下成长起来的。至今我还清楚地记得我小学、中学和大学的老师，像杨石先教授和黄子卿教授都是我的老师。"他还比喻说："有西藏大高原，才有喜马拉雅山；有喜马拉雅山，才有珠穆朗玛峰。科学的发展是一个积累提高的过程。我们老一辈科学工作者，要发扬甘为人梯的精神，做铺路石子，应支持和培养中青年科学工作者，让他们奇峰突起。"

当然，提到唐敖庆的学生，就不得不提起学术界津津乐道的"八大弟子"，这里面还有一个小故事：

1963年初夏的夜晚，华灯初上，孙家钟和江元生应唐敖庆之邀，匆匆来到他所住的灰色小楼。等他们进入一楼小会客室时，却发现已有六个人先于他们到了唐敖庆家里。

孙家钟和江元生知道：不久前唐敖庆到北京，中央教育部一位领导与他进行了一次长谈。这位领导对唐敖庆说："以前，我们主要是靠借助别国支援来培养高级科研人才的，因此一个国家撕毁合同，撤走专家，我国的科学人才培养就会受到很大影响。现在，我国急需独立自主，培养自己的高层次科研人才，开展基础理论研究工作。国家希望你能在这方面多发挥一些

配位场理论

配位场理论：是说明和解释配位化合物的结构和性能的理论。在有些配合物中，中心离子（通常也称中心原子）周围被按照一定对称性分布的配位体所包围而形成一个结构单元。配位场就是配位体对中心离子（这里大多是指过渡金属络合物）作用的静电势场。由于配位体有各种对称性排布，遂有各种类型的配位场，如四面体配位化合物形成的四面体场，八面体配位化合物形成的八面体场等。

作用。"基于这个认知，他们推想，此次唐先生让他们来这里，估计和开展理论研究有关。

然而让孙家钟和江元生他们想不到的是，就在今天晚上，一个后来国内闻名的由高层次科研人员组成的科学研究集体创立了，未来的五个著名副教授、三个讲师也在这一夜诞生了，他们也由此而成为这个全国闻名的研究集体的"八大员"——又称"八大弟子"。

　　唐敖庆深刻懂得开展独立研究的意义，既然要独立，那就必须独辟蹊径，研究别人没有研究的东西，因而他大胆的提出和决定了研究方向——配位场理论的研究。

　　仅仅依靠他们这几个人，就开展一项新的研究，这可能吗？孙家钟他们疑惑了。唐敖庆为了消除他们的疑惑，说："我们举办这次物质结构讨论班，目的有两个：第一是为国家培养高层次的教学、科研人才；第二就是要在短时间内拿出高水平的科研成果。我们

　　唐敖庆先生与弟子们。前排右起：邓从豪、唐敖庆、刘若庄、曹阳　后排右起：孙家钟、张乾二、鄢国森、戴树珊、江元生

要向世界证明，中国人依靠自己的力量也能做出第一流的工作。"

听了唐敖庆似有千钧之力的话语，孙家钟等人的心被震动了：原来，唐教授搞科学研究，并不是仅仅着眼于科学研究本身，而是同培养人才紧紧结合在一起的，而且他把后者看得更为重要。他开辟一个新的科研领域，搞一项新的课题，便向他们的学生，向他的研究集体讲授这个领域国际上最新的动态和成就。

于是在大家的努力和钻研下，仅仅耗费3年时间，唐敖庆和他的研究集体，在这个当代世界科学的前沿阵地，又取得了突破性的进展。他们发展、完善了配位场理论及其研究方法，进一步统一了这一理论中的各种方案，提出了一种新的方案。

唐敖庆和他的研究集体兴奋不已：这项成果被1966年亚非拉北京科学讨论会评为十项优秀科研成果之一；在1982年获得了我国科技界最崇高的奖赏——国家自然科学一等奖；而且这项成果已在国内外同行中得到应用。例如：我国年轻的物理学家陈创天应用这种方法系统研究了非线性光学材料的性能；长春应用化学研究所、吉林大学理论化学研究所应用这种方法处理稀土晶体，取得了比较好的成果。

然而令唐敖庆教授更为兴奋的是，通过这次讨论

班，他为国家又培养了一批从事量子化学方面科研的栋梁之材。除上面我们已经知道的孙家钟、江元生外，邓从豪为中科院院士、中国化学会理事、国际量子有机化学研究会会员；张乾二为厦门大学教授、中科院院士、国际《理论化学》编委；鄢国森为四川大学校长、教授；戴树珊为云南大学教授、化学系系主任。

开拓理化研究

　　在人类发展的历史长河中，总有一些人，他们不停地发出天问，并用科学的态度、严谨的精神和不屈的毅力来解答这些天问，而他们并不在乎获得了多少金钱和荣誉。中国现代理论化学奠基人唐敖庆就是这样一个人。150多年前，科学家们有一个天问，那就是太阳光顺着地球转和逆着地球转，速度是不是一样。1887年，著名的马克尔逊—莫雷试验解答了这个疑问，由此诞生了量子力学。"理论化学"这门新的学科，就是在量子力学的理论基础上产生的。

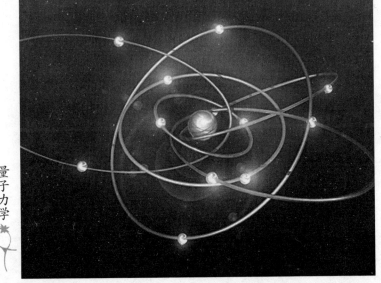

量子力学

壮心系科学　孜孜为国昌

——理论化学家唐敖庆

量子力学

量子力学(Quantum Mechanics)是研究微观粒子的运动规律的物理学分支学科，它主要研究原子、分子、凝聚态物质，以及原子核和基本粒子的结构、性质的基础理论，它与相对论一起构成了现代物理学的理论基础。量子力学不仅是近代物理学的基础理论之一，而且在化学等有关学科和许多近代技术中也得到了广泛的应用。

唐敖庆，就是这门学科在中国的开拓者和奠基人，他数十年如一日，始终及时把握国际学术前沿的新动向，开拓新课题，为赶超国际学术先进水平，取得一系列的卓越成就，在分子设计和合成新材料方面产生了深远的影响。

20世纪50年代初美国著名量子化学家皮泽早期揭示了"乙烷分子中C—C单键的阻障内旋转"效应。唐敖庆在此基础上，利用国外已有的数据和资料，提出了一个可以计算许多复杂分子内旋转的能量变化规律的公式，即"势能函数公式"。利用这一公式可以推算出物质的一些性质，为从分子结构改变物质性能提供了理论上指导的依据。1955年，这项研究成果发表之后，美国著名量子化学家威尔逊曾给予很高评价，国内外的教科书和学术专著曾广为引用，并于1957年1月获得我国首次自然科学奖——中国科学院颁发的自然科学奖三等奖。

1956年，在国家十二年科学发展规划的鼓舞下，唐敖庆为解决国家建设急需的高分子材料合成和改性问题，转而从事高分子反应与结构关系的研究，和他的高分子物理化学研究集体(包括学术讨论班的学员)对高分子主要反应中的缩聚、交联与固化、加聚、共聚以及裂解等逐一进行深入研究。把凝胶化理论发展成为溶胶凝胶分配理论，引入易测定的溶胶反应程度概

唐敖庆与学术讨论班学员

唐敖庆教授（左二）与弟子江元生院士（左一）、孙家钟院士（右一）在一起

念，使研究范围从凝胶点以前扩展到全过程；利用临界反应程度与最大反应程度的概念，使理论预测范围从凝胶点扩展到凝胶区间和凝胶面；引入相应校正参数，删去了等活性与内环化的假定，形成了完整的高分子固化理论，在国内涂料与固体推进剂工业中得到广泛应用。在加聚反应领域内提出了一种用概率论求解动力学方程的新方法，在 Ricatt 方程求解上做出了贡献，归纳为图形分析的方法，发展成为反应机理与分子量分布关系的统一理论，并由此推导出共聚物链段分布与分子量分布函数。高分子反应五个方面的工作形成具有明显特色的体系，高分子反应统计理论的建

立与发展，为高分子结构与反应参数间建立定量关系、为设计预定结构的产物确定反应条件与生产工艺及配方提供了理论依据。他和他的研究集体，30年来在高分子反应统计理论领域辛勤耕耘，其主要研究成果"缩聚、加聚与交联反应统计理论"获1989年国家自然科学奖二等奖。

20世纪60年代初，我国在激光、络合萃取、催化等科学领域开展了大量的实验研究工作，积累了许多资料，急需从理论上总结规律。化学键理论中的重要分支——配位场理论正是上述领域所需要的基础理论，但还很不完善。唐敖庆立即就以这一重大科学前沿课题为研究方向，带领物质结构学术讨论班的骨干成员，

1984年，唐敖庆教授在研究生院建院典礼上讲话

开始了科学研究工作。

　　正当唐敖庆率科研人员在配位场理论的高峰继续攀登的时候，十年文革浩劫开始了。科研工作被迫中断，无法从事研究工作的唐敖庆内心却从未停止过思考。看着丈夫日益深陷的眼窝、消瘦的面容，唐敖庆的妻子心疼不已，终于按捺不住地劝说："你的身体坏到这种程度了，就不要再想研究工作了，况且是这种特殊又敏感的时期。""怎么能不搞呢？不搞是要误大事的！这是国家的事情，不是我一个人的事情，怎么能说不搞就不搞！"唐敖庆愤怒的声音像深藏于地下的沸腾的岩浆突然从火山口喷发出来。

　　唐敖庆炽烈的爱国热忱是任何力量也压抑不住的。他顶着随时都可能遭受"革命大批判"的压力，仍然偷偷地注意着国际理论化学的动态。一有机会唐敖庆便钻进吉林化工研究院的图书馆。在浩如烟海的文献资料中，唐敖庆发现了两位美国科学家在1965年提出的分子轨道对称守恒原理的文章。他立即感到这一理论对于有机化学和量子化学的发展有着极重要的意义。"我们又晚了4年！"他从心底喊道。

后来，唐敖庆被"解放"出来，获得了一点从事科学研究的条件。当时吉林大学接受了国家下达的固氮科学研究的任务，唐敖庆马上向"占领"学校的"工宣队和军宣队"建议，把正在农村进行劳动改造的孙家钟、江元生抽回来。孙家钟和江元生在农村接到唐敖庆亲笔写的信，激动得泪流满面。他们知道在那段非常时期，唐敖庆将他们从农村调回来搞研究，担

唐敖庆教授在讲课

着多大的风险和压力！

皇天不负有心人，耗时两年多的时间，唐敖庆和他的团队创造性地发展和完善了配位场理论及其研究方法，成功地定义了三维旋转群到分子点群间的耦合系数，建立了一套完整的从连续群到分子点群的不可约张量方法，进一步统一了配位场理论中的各种方案，并提出了新的方案。此项研究成果被1966年北京国际暑期物理讨论会评为十项优秀成果之一，讨论会认为这项成果"丰富和发展了配位场理论，为发展化学工业催化剂和受激光发射等科学技术提供了新的理论依据"；并于1982年获国家自然科学奖一等奖。

20世纪70年代初，分子轨道图形理论作为理论化学的一个新的重要分支，已引起国际学术界的广泛注意。唐敖庆和江元生1975年就着手于此领域的系统研究。他们提出了3条定理，使这一量子化学形式体系，不论就计算结果还是对有关实验现象的解释，均可表达为分子图形的推理形式，概括性高，含义直观，简便易行，深化了对化学拓扑规律的认识。唐敖庆还将这一成果，进一步应用到具有重复单元分子体系的研究，得到规律性很好的结果，为化学工作者运用量子化学理论提供了一种有效的工具。基于上述贡献，"分子轨道图形理论方法及其应用"研究成果于1987获得年国家自然科学奖一等奖。

为了普及量子化学的理论，介绍这个领域最新的动向，唐敖庆曾向中央有关领导部门提议办"量子化学讨论班"。唐敖庆不辞劳苦奔波于大江南北：北京、南京、兰州、福州、厦门都留下了他的足迹。1975年五六月间，上海正是骄阳似火、热气袭人的季节，唐敖庆与江元生应上海有机化学所的邀请，到上海办了一期量子化学短训班，所内外有200多人前来听课。在两个月的时间里，在蒸笼般的屋子里，唐敖庆写了

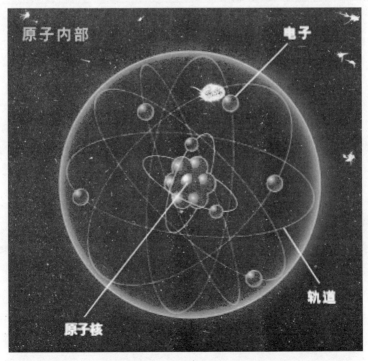

含有1个钒原子和8个铯原子的原子簇的超级原子

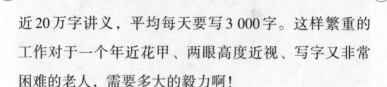

原子簇

原子簇化学是当前化学中最饶有兴趣而又极其活跃的领域之一。原子簇是指由原子（或分子）结合在一起的团体结构，它是介于原子（或分子）与固体粒子之间的团粒分子。Clusters一词最早由Cotton F. A.于1966年提出，卢嘉锡教授将clusters译为原子簇。原子簇有多种定义，比较全面的是由徐光宪、江元生等人提出的定义：凡以3个或3个以上原子直接键合构成的多面体或笼为核心，连接外围原子或基团而形成的结构单元称原子簇。

近20万字讲义，平均每天要写3 000字。这样繁重的工作对于一个年近花甲、两眼高度近视、写字又非常困难的老人，需要多大的毅力啊！

有一次，唐敖庆在上海树脂研究所做学术报告，由于过度疲劳，在讲台上突然晕了过去。学员们立即围上来，帮他解开衣扣，要送他到医院。有的学员说："老先生太累了，这么大的工作量，我们年轻人也受不了啊！"这时唐敖庆苏醒过来，笑笑说："没什么，咱们接着讲吧！"

在20世纪70年代中期，唐敖庆又敏锐地注意到原子簇化学在国际上已经成为一个重要研究领域。十年来，他从原子簇化合物的化学键性质和结构规则的关系出发，在对碳烷和多面体碳烷的化学键性质进行量子化学计算研究的基础上，按其骨架多面体顶点数和面数相对大小进行分类，从理论上建立了适用于多种原子簇化合物(包括带帽多面体和稠合型硼烷，多面体碳烷、碳硼烷和过渡金属杂硼烷，多层夹心化合物，过渡金属羰基化合物及钼铁硫原子簇化合物等)的统一拓扑结构规则，用于解释600余个已知化合物的结构，

1994年，唐敖庆教授在给分子光谱学讲习班、谱学理论与技术研讨班学员上课

1993年，唐敖庆教授获首届陈嘉庚化学奖

得到了满意的结果，揭示了上述各类化合物之间在化学键和几何结构之间的关系。

此后，唐敖庆又和他的合作者们在高分子统计理论研究的基础上，开拓了一个新领域，即高分子固化理论和标度研究，他系统地概括了各类交联和缩聚反应过程中，凝胶前和凝胶后的变化规律，解决了溶胶凝胶的分配问题，提出了有重要应用价值的各类凝胶条件；特别是从现代标度概念出发，从本质上揭示了溶胶—凝胶相转变过程，得到了标志这一转变的广义标度律，目前正深入研究高分子固化的表征问题。

鉴于唐敖庆的科学成就，国家于1993年授予他陈嘉庚化学奖，后于1995年授予他何梁何利基金科学与

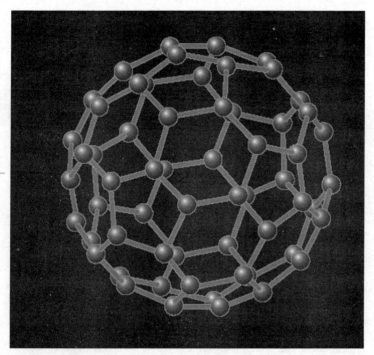

技术成就奖。

　　高水准的科研工作和丰硕的成果，不仅使唐敖庆成为迄今唯一两次荣获国家自然科学奖一等奖的大科学家，还得到了国际化学界的广泛赞誉，成为矗立在世界化学发展史上的一座"丰碑"。

　　1981年初夏，28名世界第一流的量子化学家及其中7位诺贝尔奖金获得者齐聚美国南部一座风光秀丽的海滨城市，举行"国际量子——分子科学研究会"例会。

　　和往年不同的是，今年的例会临时加了一项议题：

《中国科学》

《中国科学》：是我国自然科学基础理论研究领域里权威性的学术刊物，在国内外都有着长期而广泛的影响，分别有中文版与英文版（现名《SCIENCE CHINA》，曾用名《SCIENCE IN CHINA》《SCIENTIA SINICA》等），它是由中国科学院主管、中国科学院和国家自然科学基金委员会共同主办的自然科学综合性学术刊物，主要刊载自然科学各领域基础研究和应用研究方面具有创新性的、高水平的、有重要意义的研究成果。

研究会主席、瑞典籍著名科学家卢丁与诺贝尔奖金获得者、美国康纳尔大学霍夫曼教授隆重地向与会者介绍了一位中国量子化学家30年来取得的杰出的成果，而这位被两位专家郑重推荐的人就是唐敖庆。

霍夫曼刚满44岁，还未曾与唐敖庆谋面，很多人都疑惑他为什么会这样称道这个名叫唐敖庆的中国科学家。"我是从《中国科学》——中国一本很有影响的刊物上看到和了解的。"霍夫曼风趣地说，"从这本刊物上我看到了唐先生50年代初就在杂化轨道、多中心积分、分子内旋转等问题上取得了一系列很漂亮的成果。可是后来——大约20年吧，再也看不到了。最近我又看到了唐先生的工作。我确信，那20年，唐先生也一定有很好的工作，只是遗憾的是，我没有看到。"

卢丁年近70，在国际量子化学界享有崇高的威望，从不肯随随便便地推崇一个人，然而他比霍夫曼幸运的是，他曾与唐敖庆见过一次面。那是在1979年，卢丁教授第一次访问中国，特意赶到长春，会见了吉林大学校长唐敖庆教授。在一次充满友好情谊的会上，卢丁教授举杯走到唐敖庆面前，真诚地说："唐先生，您是中国量子化学的奠基者。"

以上两位重量级人物的赞扬让与会会员表示出十分惊讶的感叹："啊，在中国竟有人做出这样漂亮的工作!"

于是，这个国际上有名的研究会一改常规，未经本人提出申请，便通过投票表决，接受中国科学家唐敖庆为研究会的第29名成员。唐敖庆用事实证明了他的价值和能力，他也是加入这个组织的第一个中国人。

然而很多人不知道，唐敖庆在科学研究上的成就

只是他对国家做出的全部贡献之中的一部分。著名科学家徐光宪教授曾说过："以唐敖庆的勇气、才智和勤奋，如果停留在一个固定的领域坚持不懈地搞下去，将会取得比现在更大的成果、更高的荣誉。但他总是响应祖国的需要，放弃个人扩大成果、著书立说的时机，把主要精力用于观察和把握国际学术发展的新动向。凡是他发现国内理论化学在某一领域落后于国际的发展，便带领一批人冲上前沿；而一旦某一个领域完成了铺路的工作，他又立即转入一个新的领域，让后来人在这个领域扩大成果。"

科技先锋

1982年唐敖庆当选为中国化学会第二十一届理事会理事长后，非常重视学会工作，主张化学会要继承和发扬化学界老前辈、老理事长的优良传统，团结全国化学界，为发展祖国的化学事业而共同奋斗。他自己身体力行，为维护学术界的团结，树立优良的学风和会风，为提高我国化学学术水平做出了积极贡献；他在中国化学会领导体制方面也做了一些改革，与其他三位理事长卢嘉锡、严东生、钱人元教授联合倡议，设立执行理事长制度，每人担任一年，促进了学会的

卢嘉锡

民主和团结。

1986年初，作为国家科技体制改革的重要决策之一，国务院决定成立国家自然科学基金委员会，唐敖庆被任命为基金委第一任主任。在较短的时间内，他悉心组建领导班子，配备得力干部；根据中央方针、政策，多方面进行调查研究，广泛征求意见，制定了一系列规章制度；提出了"依靠专家，发扬民主，择优支持，公正合理"的评审原则，成功地指导了国家自然科学基金委员会资助项目评审工作的顺利进行，得到科技界的广泛支持。在他主持下，国家自然科学基金委员会发挥科学家的集体智慧，使国家科学基金的资助工作形成了既有自由申请又有主动组织，既有全面安排又有纵深部署，对支持我国基础研究和应用基础研究，发挥着十分重要的作用。唐敖庆为创建具有我国特色的科学基金制度做出了重要贡献。

1979年，高教部委托吉林大学主办《高等学校化学学报》，经过筹备于1980年开始正式出版，并从

壮心系科学 孜孜为国昌
——理论化学家唐敖庆

《高等学校化学学报》

  《高等学校化学学报》是中华人民共和国教育部主管并委托吉林大学和南开大学主办的我国化学及其相关学科领域的综合性学术刊物，其前身为《高等学校自然科学学报》(化学化工版)，1964年创刊，1966年停刊，1980年复刊并更名为《高等学校化学学报》，为季刊，1983年为双月刊，1985年为月刊至今，国内刊号CN22-1131/O6，国际刊号ISSN 0251-0790，16(A4)开本，208页，是中国载文量最大的科技期刊之一。

1984年开始同时出版英文版。《高等学校化学学报》由杨石先任主编，唐敖庆任副主编，1985年杨石先逝世后，一直由唐敖庆任主编。在领导工作中，唐敖庆依靠编委会的集体智慧，倡导以国内外著名科技期刊为榜样，坚持严格的审稿制度和严肃的编辑作风，在来稿量不断增加的情况下，他提出了"量入为出"的选稿原则，从严筛选稿件，保证了刊物的质量。《高等学校化学学报》所登论文，多被美国化学文摘《CA》和苏联文摘杂志《Рж》所摘录。据美国《化学文摘资料来源索引》1989年第4期公布的，该编纂年度(1988年7月至1989年6月)《CA》摘引量最大的世界1 000种期刊，《高等学校化学学报》排在第244位，在其摘引的33种中国期刊中名列第1位，已成为中国化学学科的核心期刊之一。

唐敖庆一直将周恩来总理关于"活到老，学习到老，工作到老，改造到老"的教导作为自己的座右铭，他始终"壮心系科学，孜孜为国昌"，在国家自然科学基金委员会的繁重行政工作之余，每年还回到吉林大学讲课，指导博士研究生；经常应邀到兄弟院校做学术报告；精力充沛地继续率领吉林大学理论化学研究所和化学系理论化学研究集体向新的科学领域开拓前进。正如1990年4月他对来访的记者所说的那样："我

们老一代学者，要花大力量培养青年一代，我之所以担任行政工作以来，没有放弃教学和科研工作，就是因为我觉得培养青年人才是关系到我们国家未来的大事。为了中国科学的未来，为了祖国的昌盛，我愿意耗尽自己的余生。"

开创自然科学基金

1986年，作为国家科技体制改革的重要决策之一，国务院决定成立国家自然科学基金委员会，2月14日，国务院发出了《关于成立国家自然科学基金委员会的通知》。通知任命唐敖庆为第一届国家自然科学基金委员会主任。得到通知的当时，唐敖庆即表示尽管没有

国家自然基金委员会标志

经验，只要党和国家需要，他一定尽心尽力，全身心投入。

基金委成立伊始，唐敖庆深感科学基金对我国基础研究负有重要的历史责任，为了如何更好地开展科学基金工作而殚精竭虑。1989年初，沈文雄、朱光美、刘才全、刘玺书等陪同唐敖庆访问苏联科学院。当时年事已高的唐敖庆为节省费用和大家一样坐经济舱，住一般套间。当时的苏联日常生活用品稀缺，市场上看不见水果。驻苏大使馆的人员给唐敖庆送来的水果，唐敖庆舍不得吃都分给大家。在访问期间，唐敖庆非常注意发挥大家的作用，鼓励大家积极发言。

基金会初建，内外环境困难较多，人员来自不同部门，理念不同，矛盾也较多。综合计划局的工作关系到全基金会的基本运作，似乎成了内外矛盾的交叉点，压力较大。担任委主任和党组书记的唐敖庆非常关心计划局工作，经常找各部门人员去讨论问题，1988年还把党员组织关系转到计划局支部，以加强与计划局的联系沟通。工作人员逐渐和唐敖庆接触多了起来，随着时间的推移，大家深感唐敖庆待人诚恳、谦虚、作风民主、谨慎、处事公正、无私的优良作风，又博学多识，是一位德高望重的长者。基金会上下心往一处想，劲往一处使。在他的带领下，基金会很快就形成了凝聚力很强，人气、工作热情很高的战斗力集体。

在基金委员会第一届第一次全委会上，唐敖庆就总结性的提出"依靠专家，发扬民主，择优支持，公正合理"的16字项目择优、评审原则，深得科学基金制的精髓。科学基金制本质上是市场经济的产物，核心思想是民主、公正、透明，把项目选择权力交给科学家群体，并建立权利制衡机制。科学基金制和16字评审原则在科技界引起很大反响，科学家群体给予很高评价和全力支持。但当时我国还是计划经济体制，科学基金制和周围大环境难以相容。因此，不理解或反对者为数不少，这是造成基金委初建阶段困难重重的主要原因。有的同志很诚恳地说过，"面上小项目太分散，很难有显示度，要集中批大项目"；还有的同志说："我们在岗位上，是为党掌权，基金委怎能把权利交给外单位的人?"争取每年国家拨款有所增加，是基金委的头等大事，更是综合计划局的头等大事，但不利消息接二连三，诸如南方水灾、北方干旱、重大工程开工、扶贫、普及义务教育等都可以成为削减基金委经费的理由。当时国家财政确实紧张，但最重要的原因是政府部门对科学基金制缺乏理解或有疑虑，认为这种拨款制度尚需观察。面对困难，唐敖庆顶住压力，坚持16

字评审原则。唐敖庆亲自跑政府相关部门，做解释说服工作，几乎每年都利用会议、接见等机会向总书记或总理汇报，争取经费增长。在唐敖庆担任主任的5年间，基金委国拨经费每年都有所增加，虽然增长幅度不大，却是来之不易。

基金会建立初期，国家科技经费奇缺，为了能拿到一项基金项目，不少科学家千方百计的和唐敖庆联系，但唐敖庆从来公事公办，决不开后门，他收到的有关项目的来信，都原封不动的转给有关科学部，他不写一个字，不发表任何意见，为公正处理提供了空间。

据说有一次，唐敖庆的助手路宁接到一封信。来信是唐敖庆的一位朋友写的，希望在项目审查时能予以关照。路宁一时有些犹豫，可想起唐敖庆一贯的言

吴征铠、卢嘉锡、徐光宪、唐敖庆合影

行和脾性，就按惯例把信转给有关部门并强调按规定办。唐敖庆回来之后，路宁将前前后后的事情汇报给他，唐敖庆高兴地拍着路宁的手说："你做的非常好，公正是我们科学基金制的生命线，离开了这一点，就是对科学家的背叛。"

正是由于唐敖庆的率先垂范，科学基金形成了依靠专家的良好风气，科学基金的评审专家系统被科技界公认为具有公正性和权威性，经过这个专家系统评审资助的项目，被公认为能体现学术水平的国家级科研项目。这一整套评审机制，对科技人员产生了很好的激励和鼓舞作用。

唐敖庆拒绝走关系、递条子等行为，但唐敖庆对科学家科研经费短缺非常同情，对经过正常评审程序的项目总是"心慈手软"，尽可能关照。1986年底在基金会会议审批第一批基金项目时，唐敖庆提出，由于经费所限，当年批准项目数量不多，有少量优秀科学家的申请项目未被批准，意见比较强烈，申请人大部分是当时的学部委员或在学术界有影响的学者，项目质量都很好，只是差了1票，相关科学部建议增批，提请委务会讨论可否增批少量项目并相应增加经费。时任国家自然科学基金委员会综合计划局副局长的李克健从计划局的角度感觉不妥，因经费已分完，特别

是担心封不住口，导致经费严重超支。唐敖庆耐心说服李克健，他说：科学家的支持是科学基金制发展的基础，对他们的困难要尽力帮助，所需经费不多，既然已经超支，就再多超点也没有太大问题。讨论结果委领导们都同意增批这十来个项目。后来李克健体会到唐敖庆和委务会决策是正确的，虽然增加了"寅吃卯粮"的亏空，但随着经费增加可以逐步消化吸收，而当时解决一些知名学者的急需和困难，体现了基金委对科学家的关爱，同时对立足未稳的国家自然科学委员会的发展有利。

后来，在唐敖庆的主持下，国家自然科学基金委员会发挥科学家的集体智慧，使国家科学基金的资助工作形成了既有自由申请又有主动组织，既有全面安排又有纵深部署，对支持我国基础研究和应用基础研究，发挥着十分重要的作用。唐敖庆为创建具有中国特色的科学基金制度做出了重要贡献。

奇 闻 轶 事

"站在" 书上读书

孙家钟是唐敖庆"八大子弟"之一，在跟随唐敖庆学习的过程中，受恩师严谨的治学作风，谦和的学者风度熏陶，对知识的渴望如同海绵吸水一样饱满，为了更多的涉猎知识，孙家钟夜以继日、忘情地遨游在书山学海之中，大部头的经典学术专著啃了一部又一部。日日如此，逐渐人也瘦了，两眼布满血丝，眼窝也深深地陷了进去。

唐敖庆见孙家钟如此渴求知识，深感欣慰，非常肯定他的刻苦精神，然而作为老师，他内心更多的却是担忧。一天，再一次看见孙家钟时，唐敖庆神情凝重，他说："家钟啊，对待读书有两种态度。一种人是躺在书上读书，作者怎么说，他就怎么听，完全听凭作者牵着鼻子走，另一种人是'站在'书上读，经常同作者进行争论，作者讲得对就听，讲得不够清楚就

1965年，唐敖庆教授(前排中)与"八大弟子"的合影

想办法替作者讲清楚。前一种人即使读一辈子书，充其量也不过是'书架子'，不会有大作为，后一种人不仅吸取了前人的成果，还看到了一片又一片未被开垦的荒原，从而去开拓，去耕耘。"

孙家钟听后，感觉自己就是老师所说的躺着读书的"书架子"，顿感羞涩，面颊上也泛起了红晕："先生对读书的理解太深刻了！我不就是先生讲的前一种人吗？"经唐敖庆一番提点之后，孙家钟在看书时像严厉的法官审阅卷宗，着意锻炼自己独立思考的能力，带着审视和怀疑去读书。渐渐的，他发现，即使最负盛名的科学家的著作，也是有瑕瑜并存的，也总有许多留待后人探求、加以完善的疏漏之处。

孙家钟喜欢读书，渴望读更多的书来充实自己的

头脑。一天，他找到唐敖庆说"唐先生，请您再给我开些书目吧！"唐敖庆对孙家钟这种炽烈的读书热情并未表示赞许，却意味深长地说："学无止境，打基础可是一辈子的事呀！你现在最要紧的是马上开展科学研究工作。读书与科研是互相促进的。只读书不搞科研，就会失掉动力与方向，成为书呆子！只搞科研不读书，就没有根基，也就做不出来高水平的工作。你现在这样年轻，应该尽早开展科研工作，得到锻炼，把这两者结合起来。这样读书，才会有更大的收获！"孙家钟不住地点头，对先生在自己治学道路的关键时刻切中要害的指教，表示由衷的感谢。

唐敖庆一贯主张读书与实践结合，孙家钟可以说是唐敖庆这种思想的直接受益者之一。某天，唐

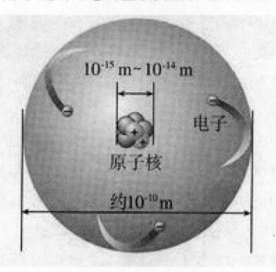

$10^{-15}\,m \sim 10^{-14}\,m$

电子

原子核

约 $10^{-10}\,m$

原子结构图

敖庆把一项已有了"模式"的科研课题交给了孙家钟"这是我新近想做的一项科研课题，你拿去练兵吧!"

这是孙家钟第一次开展科研工作，但由于这项科研课题有了老师提供的"模式"，研究工作进展得很顺利。当他把第一篇学术论文《分子的平均链长》送唐敖庆审阅时，唐敖庆给予了肯定和鼓励。得到老师首肯的孙家钟心中充满了成功的欢愉，虽说是在导师的扶持下迈出的第一步，但毕竟成功了!

如今的孙家钟教授已像唐敖庆一样，也培养自己的博士研究生了。他的近百篇学术论文使他闻名于国内量子化学界。当年与孙家钟教授一起得到唐敖庆亲自培养的其他几位年轻助教也都成为我国化学界的教学、科研骨干。每当回忆这段往事，他们总是深情地说："是唐先生一步一步地把我们领入化学科学殿堂的!"

他是良师

1978年4月，一封来自瑞士巴塞尔市的信漂洋过海来到唐敖庆手中，写信人是巴塞尔大学物理化学研究所所长海尔布鲁诺教授。海尔布鲁诺是世界著名的化学家，国际量子—分子科学研究会的成员。他在来

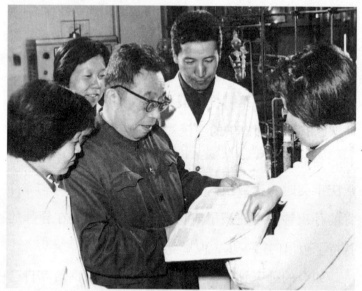

信中写道："唐先生，您和我在分子轨道理论方面的研究工作像孪生兄弟一样。如果您感兴趣的话，请您派一名助手，到我的研究所共同进行科学研究工作，科研费用和生活费用由我所承担。"

这样的邀请无疑是好事，但到底派谁去合适呢？唐敖庆辗转反思，颇费了一番心思后，想到了杨宗治。

当唐敖庆高兴的把这个好消息告诉杨宗治时，却没有收到该有热烈回应。出乎意外的是，杨宗治不仅没有显露出兴奋的神情，而且非常直率地表示他对此很不感兴趣："唐老师，海尔布鲁诺教授的专长是理论有机化学和光电子能谱学，我跟您搞了这么多年量子化学，丢掉了太可惜了！""宗治呀，这不是一次很好的机会吗？"唐敖庆诚恳地说："你与海尔布鲁诺教授的研究方向不一致，正好可以开拓一个新的科研领域。你现在从事的是理论方面的研究工作，海尔布鲁诺主要是从事实验方面的研究工作，这对你不是更有益处吗？一个有出息的科技工作者可不能老是局限在一个固定的领域呀！"杨宗治慎重考虑了唐敖庆所说之后，回答说"好吧，我去，我现在就开始学习德语！"。

唐敖庆见杨宗治答应之后，露出了满意的笑容："这就对了！"

后来，杨宗治到瑞士后，在海尔布鲁诺教授的指导下专攻光电子能谱学，取得了一系列出色的成果。仅两年时间，杨宗治就获得了博士学位。1986年，杨宗治就因其科研上的显著成就晋升为教授，那一年，他47岁。

也是益友

1965年刚考取唐敖庆研究生班的李前述仅仅读了一年，便被文革的浪潮卷回故乡，无法读书的他只能在营口市塑料板材厂当一名普通工人，李前述的读书梦破了，一辈子当个工人似乎成了他注定的宿命。然而，谁也没想到，1978年，当全国科学大会开过后，

现在的吉大理化楼

　　唐敖庆又各方申请，把李前述调回了吉林大学，使他的处境在十几天内便发生了戏剧性的转变，这种突变让李前述有点恍然若梦的感觉。

　　在吉大继续学业和教授之余，李前述随唐敖庆一起开展了"具有重复单元的共轭分子能谱"的研究。前前后后整整花费了一年多的时间和精力，李前述终于写成一篇学术论文。当他拿给唐敖庆审阅时，唐敖庆也表示很满意。

　　可谁又能预料，这篇被肯定的论文后来却无法发表了。原来：审阅完稿子没隔几天，唐敖庆把李前述找来，递给他另一份稿子，对他说："这是《化学学报》寄来的一篇论文，叫我审阅。我看了，并且已同

化学仪器

意发表，这篇论文和咱们写的那一篇差不多，我看咱们的论文就不要再发表了。"

　　唐敖庆说这番话时，语调看起来十分轻松随意，可在李前述听来，宛如一盆冷水从头上泼下。他十分沮丧，觉得自己的辛劳全都白费了，导师递给自己的那篇论文，研究课题虽然一样，但方法不尽相同，可说是殊途同归，可以各发表各的，但是导师却坚持自己的做法。李前述心中不快，闷闷不乐好几天。但慢慢冷静下来之后，又感到导师用扶植别人的论文的办法来处理这次"撞车"，不正反映出导师的高尚科学道德和思想情操吗？他有这样的导师，难道不应该更加庆幸和高兴吗，这件小事也使他从内心折服导师的胸襟与真诚。

雪中送炭，恩情重于山

"文革"时期受到批判和迫害的知识分子很多。后来成为唐敖庆担任学校领导工作的第一任秘书于永辉也无可避免的被波及。"文革"时期"清队"，于永辉突然被宣布"有严重历史问题"，真是祸从天降！更糟糕的是，他在家操持家务的爱人也不准留在城里，和孩子们一道被撵下农村。堂堂7口之家，仅靠于永辉一个人每月70多元工资维持，生活压力非常大，而他和妻子又分居两地，如何生活让于永辉整日愁眉不展。

一天下午，刚被解除隔离审查的唐敖庆在了解到于永辉困境后来到于永辉的办公室，从贴身兜里掏出100元钱，悄悄地交给了于永辉："拿去先用吧，不够，再和我说一声。"于永辉知道那时谁家也不宽裕，说什么也不肯收这笔钱。

谁知，第二天下午，唐敖庆又来了，又一直坐到下班，乘无人之机硬是把钱塞给了于永辉。迫于无奈和感激，于永辉收下了钱，并将钱寄给了远在乡下的妻儿老小。

不久，于永辉接到了爱人的回信："接到这一百元钱，我和孩子们都哭了。在这人人冷眼相对的时候，唐校长还能这样……永远记住这个好人吧！"握着妻子的回信，于永辉内心激荡不已，默默在心中说："谢谢您，唐校长"。

104封信

1986年，唐敖庆接受组织调任，出任国家自然科学基金委员会首届主任。期间，唐敖庆领衔承担了《高分子固化理论与标度研究》《原子簇的结构规则的研究》。这是国家自然科学基金委员会"七五"期间资助的重大项目《量子化学及其应用》的子课题。唐敖庆在攻克这一课题的5年间，他从首都北京寄给他的科研合作者和博士生的亲笔信共计104封信。这104封信，

化学实验室

——壮心系科学 孜孜为国昌

——理论化学家唐敖庆

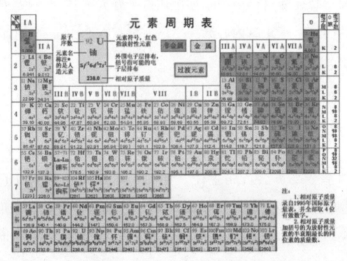

是唐敖庆从事科研、指导科研工作的真实写照。

这些信件字迹之工整，公式之周严，结论之自洽，令人惊叹不已。有谁能够相信，这竟是出自一位当时已届古稀之年、眼睛高度近视、工作异常繁忙、身兼数十职的老科学家之手呢！这些信有的是关于理论探索，有的是针对博士生论文问题的，有的是提出培养专门人才计划的，有的是讲解化学公式推导的，等等。一些信件是在新年元旦、春节大年初一发出的……

其中有一封是唐敖庆在处理内环化 Aa 交链问题时回复给孙家钟等人的，信中写道："关于内环化 Aa 交链问题，我发现以往推导有错误。这个问题我在西德访问时已有所觉察，接读你们的来信，问题更明确了，我重新推导公式，附在后面，请泽生同志做些具体计算，加以验证，看是否正确。"从这些信的字里行间，展现了唐敖庆一丝不苟的科学态度和严谨求实的治学精神。

唐敖庆的信不仅提出科学研究方式、方法，还有一名科学家对人生的感悟和坚定的信念。"有西藏大高原，才有喜马拉雅山；有喜马拉雅山，才有珠穆朗玛峰。科学的发展是一个积累提高的过程。我们老一辈科学工作者，要发扬甘为人梯的精神，做铺路石子，应支持和培养中青年科学工作者，让他们奇峰突起。""科研如攀登高山，在崎岖的道路上前进，无平坦道路可走，确实是如此。但只要锲而不舍，最后终能解决问题。"

唐敖庆与图书馆

1952年10月，党中央、国务院决定对全国高校进行院系调整，把东北人民大学建设成一所综合性大学。唐敖庆在这一年积极响应党和政府关于院系调整的号召来到了东北人民大学。同时，也开始了这位伟大学者与吉大图书馆的不解之缘。

唐敖庆第一次走进仅存18万册图书的吉大图书馆时，不由得想到他畅游哥伦比亚大学620万册的图书馆的愉悦心情：那丰富多样的内容和庞大的存书量使多少人在进入之初就震撼不已，当年的自己不也被迷醉其中，长时间的浸泡在图书海洋中吗？

一所综合性大学，图书存量才有18万册，加起来还不及哥伦比亚大学存数的零头，这样的贫瘠如何满足教学和阅读要求？专业性书籍更是贫乏，又怎么能让学生在学习之余去延伸阅读和涉猎更多的知识呢？唐敖庆觉得图书馆必须作为未来吉大一项重要工作来做。

在吉大教书之初，唐敖庆为了尽快培养人才，时间排得非常满，即使在这种情况下他仍坚持在课余时间，跑到图书馆寻找契合专业的书籍，推荐给自己的学生，他对学生们说："研究化学需要有雄厚的数学基

80年代，唐敖庆教授（左二）参与吉林大学前卫校区选址

础和物理学基础。要认真看书，从现在开始，我定期给你们布置书目，你们自己先读，然后我们再一起讨论。"为了使学生们能掌握和了解国际上的变化，还将自己收藏的一些书籍拿给他们，一本著名物理学家费米用英语写的原版《热力学》学术专著就被学生们传阅过多次。唐敖庆除了为学生们布置书目、推荐图书，还建议图书馆添购书目上没有的图书，使图书馆购书质量显著提高，把钱花在刀刃上。

1956 年 5 月，唐敖庆、余瑞璜、王湘浩等人参与《国家十二年科学技术发展规划》的制定工作，吉林大学也因此承担了部分国家科技规划的研究任务。借此契机，唐敖庆根据党中央提出的"向科学进军"的伟大口号，本着按时规划的精神，着重强调要大力补充理科书刊。这一举措使图书馆的理科书刊迅速增多，并且还购进一批外文原版理科书刊。"那时书进得太快了。几乎每隔几天都有新的书目填充到图书馆。" 80 多岁的张竹溪部主任感慨地说。

图书馆的建设不应该仅停留在存了多少书这一层面上，更重要的是要加强对外交流和交换，没有交流就没有进步，没有交换就是封闭自己，认识到这个重要性的唐敖庆，在后来的工作中积极地开展了对外的交流交换工作。1979 年 7 月 26 日，唐敖庆在《吉林大

吉林大学图书馆

学和美国拉特格斯大学建立校际学术交流协议书》的签字仪式上，向拉特格斯大学赠送了《册府元龟》一部和《天籁阁旧藏宋人画册》一册，拉特格斯大学布劳斯坦校长向吉林大学赠送有关美国教育制度书籍40本。自1980年至1983年，吉林大学图书馆同国外30多个国家、120多个单位建立了交流交换业务，收到国外赠书和交换图书23 919册。除此之外，唐敖庆还把来校讲学的外国学者赠送给他的图书，捐献给了图书馆。这些活动，推动了吉林大学图书馆与国外大学图书馆之间的图书交换业务。

图书馆的硬件建设在有序的开展和提高，然而唐

敖庆认为光有硬件发展还远远不够，内涵建设也必不可少。因此，在1981年3月10日第五次校务会上他着重指出："图书馆很重要，对教学和科研起保证作用，延长开馆时间，增加一些人力，对新进来的人员要进行业务培训，经费再增加一点。"这些前瞻性的认识，不但扩大了吉林大学图书馆的规模，拓展和加深了服务层次，也给吉林大学带来了良好的机遇：继1979年设立教育部外国教材中心图书室之后，吉林大学图书馆于80年代初期又被确定为联合国教科文组织、联合国工业发展组织和世界银行委托图书馆（上述3个世界性组织，均定期无偿向图书馆提供各类有关图书资料），1992年1月30日，国家教委又批准建立"国家教委吉林大学文科文献信息中心"。

图书馆不应该只有书籍，为了满足教师和学生日益增长的需求，在唐敖庆的主持下，利用吉林大学是世界银行贷款发展项目这一便利，学校用贷款购买了大批的仪器设备、教学和科研急需的图书。1983年国家教委批给吉林大学一套缩微冲洗机等设备，唐敖庆立即批给了图书馆。截止到1984年，吉林大学图书馆有了缩微平片设备系列，其中包括：拍摄机、冲洗机、静电复印机、阅读复印机、投影仪、缩微胶卷阅读机、腾影机和速印机等，还有照相设备。84岁的老馆员张文丰老师回忆当年情况时说："唐校长批给咱馆的缩微冲洗机是我去北京接的货，我坐卡车拉回来的，据说是从香港买的，全国仅三套，咱吉大得一套，太不容易了！"

图书馆的管理工作不应只停留在基础管理水平上，为了提高图书馆工作人员的素质和知识，唐敖庆等学校领导先后派图书馆馆员到美国拉特格斯大学图书馆进修、到日本图书情报大学访问研究、到英国Portsmouth大学留学、派人员到国内兄弟院校学习……除此之外，图书馆还先后邀请了美籍华人陈琳元女士和东北师范大学杨沛超教授、武汉大学图书馆黄宗忠等同志来校做图书馆学方面的报告。还邀请了校内的高鼎三、吴智泉做学术报告。通过这些学术活动，图书馆员提高了自身素质，学习了外国的先进技术和宝贵经验，为开拓图书馆新局面做出了贡献。

80年代初整个国家处于经济缓慢起步的阶段，那时期即便像吉林大学这样的高校，经费也是异常紧张的，哪些钱该花，怎么花都要精打细算。然而就是在这种情况下，唐敖庆对图书馆的建设依旧给予了大力的支持。1981年，吉林大学招生规模扩大，新生一下子增加到1 000多人，图书参考资料一下子紧张起来，文科类资料更是缺乏。针对此种情况，唐敖庆快速给予指示：文科资料室与理科实验室同样重要，不能偏重哪一方。补充图书就必须花钱，经费从哪里来呢？唐敖庆想了三种办法以保证文科的科研：一是从学校

唐敖庆塑像

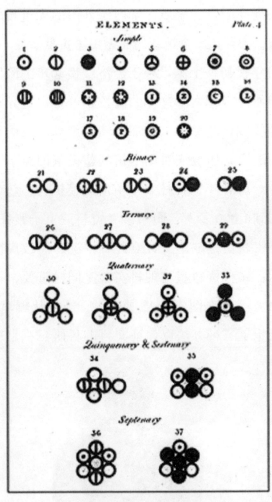

道尔顿在《化学哲学新体系》中描述的原子

经费中划拨40万给图书馆购书；二是向省里申请特批5万元外汇；三是从一般科研经费中抽出20%增添图书资料。同时，为了节省图书经费，唐敖庆还提出两点要求：订阅学术期刊不应重复，每期不能超过两份；专业图书的购买应该具有超前性，应该走在新学科和

新专业设立之前。

图书量多了，借阅资料的教师学生多了，图书馆自然显得拥挤和狭小了。为了扩大图书馆面积，重视图书馆现代化建设的唐敖庆在1981年3月16日第六次校长办公会议上指示：寒假后，校部机关、马列主义研究所全部搬到灰楼去，图书馆逐年改善，还要盖新书库。不光如此，1981年9月，唐敖庆在吉大建校35周年纪念会的讲话中，提出了制定学校"六·五"规划和十年设想的指导思想，规定了十项内容，其中之一便是把图书馆建设列入学校工作的重点之中。

经过半个多世纪的建设，现在的吉林大学图书馆已发展为现有各类纸质书刊692.46万册（截止到2006

年7月底），古籍文献、地方志与谱牒、古文字文献40万册的大型图书馆，其收藏量在高校图书馆中名列前茅。而吉林大学图书馆已成为中国高等教育文献保障系统（CALIS）东北地区中心，CALIS数字图书馆基地，中英文图书数字化国际合作计划（CADAL）项目成员馆，中国高校人文社会科学文献中心（CASHL）东北区域中心，教育部科技查新工作站，吉林省高校图工委秘书处所在地。

赞 誉 不 断

人的一生很漫长，也很短暂，2008年7月15日11时15分，中风卧床将近10年时间的唐敖庆在北京的一家医院中平静地走完了最后的时光，享年93岁。

唐敖庆走了，可他留下的却很多很多，除却那些耀眼的成就和贡献，还留给很多人无尽的怀念……

师恩难忘

"唐老师离开我们了。他的音容笑貌和讲堂上独特的大师风度却一如在眼前，并且将伴随我一生。当我回顾几十年坎坷的历程，总觉得自己之所以能立足于社会，做一些研究工作，是得益于唐老师和吉林大学的培养和教诲。"已成为中国科学院院士、上海交通大学教授的颜得岳回忆恩师时这样说。

说起颜得岳和唐敖庆之间的事情还得从头讲起：

那是1961年，颜得岳刚从南开大学本科毕业，不知道是因为幸运还是别的什么，颜得岳被分派到北京中国科技大学当物理化学助教。然而，对别人来说这个求之不得的好岗位却让颜得岳感到十分恐慌，因为他知道自己没有真正学过物理化学的课程，无法担任助教职责。南开大学在当时也是名校之一，可由于某些时代的限制，本科五年时间，颜得岳所学非常有限，他之所以能得到这么好的分配机遇或许还是因病得福，为什么这么说呢？原来，颜得岳上学不到一年时间，

左起唐敖庆、吴征铠、卢嘉锡、徐光宪

便赶上了各种运动，和其他同学不同的是，他去开了一年车床，然后提前毕业参加应用化学实验室建设，接着又去了白洋淀劳动锻炼，后来因患二度浮肿后回学校休养。也就在回校休养时期，他把物理化学专门化的专业书都自习了一遍。而这也成了他比其他人获得较好待遇的优势。

历史就是这样的巧合。快要宣布分配方案之前，传来了唐敖庆要来南开招收研究生的消息。颜得岳兴奋不已，因为唐敖庆是他最崇拜的国内化学家。于是，宣布毕业分配方案的前夜，颜得岳敲开了政治指导员的门，"指导员，我想去考化学家唐敖庆的研究生，请取消我的分配名额吧！"

来到吉林大学之初，有两件事使颜得岳十分惊喜，一是化学系的食堂比较慷慨，尽管高粱米饭和窝窝头仍是定量供应的，但大白菜给得很多，填饱肚子没有问题；二是图书馆的大厅上方悬挂着四个斗大的字：博览群书！在那个年代，敢于提倡"博览群书"，这充分说明了吉林大学良好的学风和十足的勇气，颜得岳不用担心自己看书涉猎知识了。

因为是自己喜欢和崇拜的老师，颜得岳对自己的研究生学习生活充满了期待。果然，唐敖庆的第一堂课就深深地吸引了他：唐敖庆没有讲稿，一边在黑板上推导公式，一边娓娓道来，引人入胜。板书工整苍劲，无论多么复杂的公式，都一一推演，整版整版的求解过程连个符号也没有差错。无论多么复杂的问题，总能举重若轻，讲解得有条有理，清清楚楚……颜得岳万分崇拜唐敖庆，他被唐敖庆的魅力折服了，他觉得唐敖庆是个不可思议的天才，如果自己以后能学到他学问的十分之一，也就不枉此一生了。

刚开始研究生学习的颜得岳因为理论基础和实验技能有限，稍感吃力，然而在唐敖庆及其弟子孙家钟、江元生、吴邦瑗和沈家骢等人的教学和悉心指导下，他也渐渐掌握了分析问题和解决问题的方法。

后来研究生毕业的颜得岳虽然在南方漂泊了几十年。但即使在最困难的时候，身居"大三线"，学业荒废，他也不敢忘记自己是唐敖庆的学生，只要有机会，就把知识献给国家和人民。颜得岳深知一个人的能力或许有大小，然而只要自己尽力了，他就可以坦然地对恩师说："唐老师，学生没有辜负您的教诲。"

永远的记忆

虽然知道唐敖庆中风入医院已 10 年多了，但是骤然听到他离世而去的噩耗，李前述怎么也不能相信他跟随其 20 年的唐老师居然真的就这么走了？他的音容笑貌，他的思想和精神，一切宛如还在昨日，一切都时时闪现在脑海中……

回忆1978年，那时李前述刚听完唐敖庆给文革后第一届研究生和进修生的量子力学课，唐敖庆找到他，并让他给1979年第二届研究生讲量子力学课，李前述听后心里很没底，有点畏惧。唐敖庆看后便鼓励他说："只要认真努力，就能教好书。我们当老师的，一辈子一要教书，二要搞科研。不教书就没有专业知识的广度，不搞科研就没有专业知识的深度，只有二者结合，具备知识的深度和广度，才会作出高水平的科研，深入浅出和少而精地讲好课。"唐敖庆的一番话让李前述下定了决心讲这门课，后来还写了许多讲稿拿给唐敖庆审阅。唐敖庆一页页地认真地看讲稿，把错别字和不当的符号都一一工整地改正，这些小细节使李前述非常感动之余还有点惭愧，"以后一定要向老师学习，时时刻刻处处都认真严谨"李前述默默地对自己说。

后来，听了李前述讲课情况的唐敖庆还教诲李前述："讲课不要照本宣科，不要念讲稿，只有脱离讲稿，才能观察学生对讲课的反映，才能有的放矢、深入浅出地给学生讲好课。另外，讲课最重要的是对课程的理解，只要真正懂了就能讲明白，至于教学方法可以慢慢的积累和提高，讲出自己的风格。"

　　1994年李前述和唐敖庆一起作富勒烯等高碳原子簇电子结构科研。开始的时候李前述想和同事们采用通常的群论方法，这时但是唐敖庆却提出："我们能不能不用特征标投影算符，而用矩阵元投影算符方法呢？多尝试一下总是好的，即使失败了也没关系，很多成功的结论和方法都是从失败中总结和获得的。"听了唐敖庆的建议和类似安慰的话，大家纷纷表示愿意尝试一下。没多久，李前述等人很快便推出了相应的公式，这种方法大大简化了计算，唐敖庆得知后高兴地说："更多的借鉴物理的方法，使用更好的数学工具，会大大提高我们的研究质量。你们以后可以多尝试使用这两种工具。"

　　1998年春节，李前述带博士研究生去给唐敖庆拜年，再有几天就要去住院的唐敖庆虽然身体不好，但仍然惦记着教书育人，唐敖庆亲切的对博士生们建议："你们能不能自己组织开个学术交流会，提高学术交流能力？不能只自己做科研，要交流，这才能全面提高研究生的能力。"

　　唐敖庆数理化非常好，但不可忽视的是他的文学艺术底蕴也非常丰富。众所周知，唐敖庆从小就读了很多中外名著、古典诗词和戏曲，对一些重要的著作还不止读过一遍，并且有深刻的研究。李前述就常常感到自己很幸运能成为唐敖庆的一个听众，因为每次出差坐火车之余，除了和大家讨论一些业务问题外，唐敖庆还喜欢谈点文学艺术，尤其喜欢《红楼梦》，他常和大家谈《红楼梦》，他对书中很多章节，特别是诗词都能背诵，并且他对《红楼梦》有自己的见解：他认为前五回是全书的纲要，第四回中的"护官符""贾不假……"是全书的核心；甚至引用原文给大家讲解了前80回与后40回在写作上的具体差距以及是两个人所写的论据；还分析了为什么《红楼梦》是封建社会的缩影和百科全书。并谈及其和《金瓶梅》的关系，以及对巴金的《家》《春》《秋》的影响。

唐敖庆的文艺功底不仅仅显示在他对古籍的了解和研究，对很多城市的历史名胜古迹以及相关诗词他也能时常做到信手拈来，甚至为了考证其真实性，可以引经据典的证明。有一次，唐敖庆从南京和戴安邦等人去苏州开会，在火车上给大家讲起了苏轼的《水调歌头》和李白的《月下独酌》中用浪漫主义手法写明月在风格上的差异，大家听得津津有味，火车何时到的苏州亦不可知，邻座看到火车到站这帮人还不下车便好心提醒，大家这才从唐敖庆的精彩讲述中醒来，匆忙下车。上了汽车之后，意犹未尽的大家还请唐敖庆继续刚才的讲述，结果到了宾馆才发现有一个提包居然忘在火车上未拿下来。

　　唐敖庆的记忆力非常好，这种本领很多人都见识过。李前述也亲身感受过他这种过人的记忆能力：那还是在唐敖庆担任基金委员会主任时。一次开会，一位同志作报告，只汇报了当年按各学科资助重大基金和自由申请基金项目的数据，却没合计出总数，当一位副主任问："资助总数合计是多少？"因为该同志事先并没有统计总数，只好在现场忙着去合计。谁知，在一边听汇报的唐敖庆当即就脱口而出，说出了总数。起初，大家有点不太相信，可后来算出的结果居然和唐敖庆说的一样，在场的人员大吃一惊，觉得唐敖庆

壮心系科学　孜孜为国昌
——理论化学家唐敖庆

的脑子太不可思议。

类似的例子还有很多。有一次，一位局领导向唐敖庆汇报工作，内容中牵扯了很多数据，唐敖庆听完之后问："你这回汇报的数据为什么和三天前你们局发的通报不一样？"这位局领导不相信，找来通报一查，果真有几个数据在个位上有差别。在场的人又被唐敖庆的好记性给震撼了，"唐老师脑子像计算机一样，有存储功能。真棒！"

1994年，唐敖庆去香港中文大学访问，应邀做了中国自然科学基金发展的报告，香港各高校的老师和科技界人员甚至杨振宁等都来听报告。唐敖庆不用讲稿，不用幻灯，声情并茂的讲了一个小时，引用数据数十个，没有一点错误，大家十分惊奇。报告后，中文大学的一位教授问唐敖庆："您报告中的这些数据是怎么记住的？是刻意死记的还是平常就这样？"唐敖庆笑着告诉他："这是习惯，由于我的眼睛近视，看书写字不方便，所以我更多的是用脑子记，只要认真，努力锻炼，大家都会这样。"

结　束　语

相信唐敖庆的故事还有很多很多，已知的、未知的都是唐敖庆魅力、品性、成就的展示，但这本小书的故事就讲到这里了，因为简单的文字远不能将唐敖庆的事迹说完、诉尽，那些难忘的片段、故事、话语就暂留在熟知他的人的脑海里吧，留待以后的有心人再去挖掘吧。

如今，唐敖庆已经永远的离开了这个世界，然而他终生为国的高尚品格、以身作则的教师情操、刻苦钻研的科研精神都将深深地印在人们心里，希望现在、未来和他一样的有志之士也会继续着他的脚步，将他的精神发扬下去，开拓更加广泛的科研领域，创造更高的科研成果。

壮心系科学 孜孜为国昌
——理论化学家唐敖庆

唐敖庆人生轨迹

1915年11月18日 出生于江苏省宜兴县。

1934年7月 毕业于江苏省无锡师范学校。

1934年8月—1936年1月 任宜兴县官林镇凌霞小学教师。

1936年8月 考入北京大学化学系学习。

1940年7月 西南联合大学化学系毕业，留校任教。

1949年11月 毕业于美国哥伦比亚大学化学系，获博士学位。

1950年1月 回到祖国，任北京大学化学系副教授、教授。

1952年9月 调东北人民大学(吉林大学前身)任教授，与蔡镏生等创建化学系。

1955年6月 当选为中国科学院数学、物理、化学学部委员。

1956年3月 任东北人民大学副校长。

1978年5月 任吉林大学校长、党委副书记。

1980年12月 任国务院学位委员会委员兼学科评议组化学组召集人。

1981年5月 当选为中国科学院主席团成员。

1981年8月 当选为国际量子分子科学研究院院士。

1982年8月 当选为中国化学会第二十一届理事会理事长。

1986年2月 任国家自然科学基金委员会主任、吉林大学名誉校长。

1986年6月 当选为第三届中国科学技术协会副主席。

1987年12月 任第二届国家自然科学奖励委员会副主任。

1990年11月 当选为中国化学会第二十三届理事会理事长。

——理论化学家唐敖庆

壮心系科学 孜孜为国昌

中华魂·百部爱国故事丛书

提　要

《誓与禁烟相始终——民族英雄林则徐》

林则徐严禁鸦片，坚决抵抗西方列强的侵略，坚持维护国家主权和民族利益。他是中国近代历史上第一位睁眼看世界的人，是抗击帝国主义殖民侵略的第一人，是中华民族抵御外侮过程中伟大的民族英雄。

《血洒虎门御敌寇——抗英将军关天培》

民族英雄关天培，在第一次鸦片战争中为了抗击英国侵略者的入侵而血洒虎门，为国捐躯，谱写了一曲可歌可泣的英雄赞歌。关天培用他的生命，书写了中国人民反抗外侮的历史。

《威震镇海靖节魂——抗敌英雄裕谦》

在第一次鸦片战争期间的众多牺牲者中，有一位官阶最高，他就是两江总督裕谦。裕谦与外国侵略者斗争立场坚定，与国内妥协派、投降派斗争态度坚决。裕谦督战镇海，与英国侵略军浴血奋战，临危不惧，以身报国，浩气长存。

《斩邪留正解民悬——太平天国领袖洪秀全》

农民出身的洪秀全，从失意文人到起义领袖，经历了长期的思想演变过程，在外敌入侵、清朝政府腐朽的历史环境之下，顺应时代的潮流，成长为一位非凡的历史英雄人物，建立了与清朝政府相抗衡的农民政权——太平天国。

《仰承汉唐　荟萃中外——近代数学家李善兰》

李善兰是我国19世纪重要的科学家之一，在数学、天文学、力学等方面都有重大建树。他继承了我国古代数学的成就，又以极大的热情传播西方科学文化，"仰承汉唐，荟萃中外"，把自己的一生献给了科学事业。

《严谨治学　勇于探索——近代著名数学家华蘅芳》

华蘅芳，中国近代数学家之一。其精通中国古算学，并熟练掌握西方近代数学，是中国验证抛物线并著书立说的参与者。为了证明"外国有的，中国也能造"而鞠躬尽瘁，在引进西方科学技术、传播科学知识上贡献卓著。

《折冲樽俎护山河——近代著名外交家曾纪泽》

曾纪泽是中国近代史上著名的爱国外交家，在中俄伊犁交涉事件中，他秉承抵抗列强、保卫国家的坚定意志，利用外交手段全力同沙俄抗争，捍卫了国家主权、民族尊严，收回了祖国的领土，在近代中国外交史上留下了光辉的一页。

《甲午海战留英名——民族英雄邓世昌》

邓世昌，北洋水师名将。本书以邓世昌的成长过程为线索，以代表性的历史故事为主要内容，还原真实的历史事件，突出鲜明的人物性格。邓世昌因在中日甲午海战中突出的英雄气概而名垂史册，书写了伟大的爱国主义篇章。

《誓与舰队共存亡——北洋水师提督丁汝昌》

丁汝昌处在清朝政府的腐朽和李鸿章的专断下，难以施展爱国的抱负，壮志未酬，愤恨而终。但丁汝昌为建立近代海军作出的巨大贡献，带领北洋舰队爱国官兵勇抗强敌的英雄事迹，将永远为后代所传颂。

《镇南关上凯歌扬——抗法老英雄冯子材》

1885年中法战争中，年逾古稀的冯子材为抵御外国侵略，勇赴国

壮心系科学　孜孜为国昌

难，大败法军于镇南关，并乘胜追击，接连收复文渊、谅山等地，从根本上扭转了中法战争的局面，成为近代民族英雄的杰出代表。

《屡败法军逞英豪——黑旗军将领刘永福》

刘永福是黑旗军的创建者，是农民出身的杰出军事家、政治活动家。在19世纪发生的援越抗法、中法战争中，他率部与帝国主义侵略者进行了殊死的战斗，建立了卓越的功勋，成为我国近代史上著名的民族英雄，为后世所景仰。

《矢志变法强国家——戊戌变法领袖康有为》

康有为是清末民初最有影响力的思想家之一。他领导了中国知识界的启蒙运动，掀起了一场自上而下的政体改革。他最早在中国提出了立宪政体和具体的宪政方案，主张在坚持儒家传统和帝制的前提下，学习西方经验，他的进步思想对近代中国具有深远的影响。

《开民智以报国 普新知而图强——戊戌变法思想家梁启超》

梁启超，中国近代史上著名的政治活动家、启蒙思想家、史学家、文学家，戊戌变法领袖之一。本书以百日维新思想家梁启超的成长过程为线索，以代表性的历史故事为主要内容，还原真实的历史事件，突出鲜明的人物性格。

《我自横刀向天笑——维新志士谭嗣同》

谭嗣同在民族危机的严重时刻，投身改革救中国的洪流。为了带给祖国一个光明的未来，紧要关头，他挺身而出，用自己的鲜血激励后人，把宝贵的生命献给了变法事业。

《睡乡敢遣警世钟——用生命警策国人的陈天华》

陈天华是民主革命的活动家和宣传家。他写的《猛回头》《警世钟》等书，起到了革命启蒙的重大作用。为了激发留日学生的爱国情怀，他不惜投海自杀，演出了近代史上感人至深的一幕，给后人留下了难忘的印象。

《革命军中马前卒——民主斗士邹容》

革命乃"至尊极高，独一无二，伟大绝伦之一目的"；它是"天演之公例，世界之公理，顺乎天而应乎人"的伟大行动。因此，必须"仗义群兴革命军"。他激情高呼："革命独子万岁！中华共和国万岁！"这就是《革命军》的作者，中国近代著名资产阶级革命宣传家邹容。

《休言女子非英物——鉴湖女侠秋瑾》

为民族解放和妇女解放而英勇斗争的秋瑾，冲破封建礼教的思想牢笼，打碎封建精神枷锁，崇仰真理，追求光明，主张共和，坚持男女平等，最终献出了自己年轻的生命。

《血溅校场　杀身成仁——民主斗士徐锡麟》

本书讲述了反清志士徐锡麟弃文从武、投身反清革命事业，最终被清政府杀害的故事。出于对国家的热爱，徐锡麟献出自己的生命，他的事迹将永远激励后人深切缅怀这位民主革命的先驱。

《生可死耳　我志长存——献身民主的禹之谟》

禹之谟，民主革命党人，同盟会会员，近代资产阶级革命家、实业家。1886年，20岁的禹之谟"提三尺剑，挟一卷书"游历四方，研究西方社会政治学说，忧国忧民之心日趋强烈。戊戌变法失败，他丢掉改良幻想，倡革命救亡之说，走上民主革命道路。

《物竞天择　适者生存——资产阶级启蒙思想家严复》

严复是中国近代著名的启蒙思想家、翻译家和教育家。他长期从事教育和翻译事业，为近代中国人才培养和思想启蒙做出了重要贡献，同时他也为中国的翻译事业和中西思想文化交流做出了重要贡献。

《辛亥革命急先锋——资产阶级革命家黄兴》

黄兴，清末民初资产阶级革命家，中华民国开国元勋。黄兴在武昌首义及辛亥革命时期的爱国表现，与孙中山闻名于当时，常被时人以"孙黄"并称。本书以资产阶级革命活动实干家黄兴的成长过程为线索，歌颂了先辈伟大的爱国主义精神。

《矢志革命　百折不回——近代民主革命家廖仲恺》

廖仲恺追随孙中山踏上了创立民国与捍卫共和制的旧民主主义革命

之路；在新民主主义革命时期，他为建立、巩固首次国共合作和实施三大政策，英勇奋斗，为国殉职，洒尽了一腔热血。

《将军拔剑南天起——护国英雄蔡锷》

蔡锷是中国近代史上的杰出军事家、爱国者。他的一生短暂而伟大。辛亥革命爆发，他毅然投身于革命洪流之中，领导云南重九起义，对武昌起义积极响应。袁世凯窃国复辟、恢复帝制的阴谋暴露出来以后，他又毅然举起了武装讨袁的旗帜。

《反帝反封建运动——五四青年的爱国故事》

五四运动是一次伟大的反帝反封建的爱国运动；是一个伟大的历史转折点；是中国人民的斗争从挫折走向胜利的一个关节点，它为中国的前进开辟了一条全新的道路，拉开了中国新民主主义革命的序幕。

《思想自由　兼容并包——著名教育家蔡元培》

蔡元培是中国近现代著名的民主革命家和教育家，一生经历风雨，却始终信守爱国和民主的政治理念，致力于废除封建主义的教育制度，奠定了我国新式教育制度的基础，为我国教育、文化、科学事业的发展做出了富有开创性的贡献。

《为国家争光　为民族争气——中国铁路之父詹天佑》

詹天佑是我国最早的杰出铁道工程师，因主持建造京张铁路而闻名中外，被誉为"中国铁路之父"。他为祖国的铁路事业贡献了毕生的精力。本书向读者展示了詹天佑热爱祖国、科技兴国的辉煌人生。

《实业救国　衣被天下——轻工之父张謇》

张謇是爱国实业家、教育家。他年轻时中过状元。过了40岁，开始投身工商实业活动中，他的名言是"富民强国之本在于工"。在南通，创办大生丝厂、银行等各种实业。并将创办实业的大部分所得投入教育。他的观点是，教育和实业一样，也是"富强之大本"。

《心向革命　追求光明——平民将军冯玉祥》

冯玉祥将军"是一位从旧军人转变而成的坚定的民主主义战士"。

抗日战争期间，他辗转各地，用实际行动积极抗战。日本战败投降后，他为了断绝美国的援蒋内战，又在美国四处演说，揭露蒋介石统治之黑暗，痛斥美国阴谋分裂中国的不良行为。

《刑场上的婚礼——革命烈士周文雍　陈铁军》

周文雍是广州起义的主要领导人之一。陈铁军出身于华侨商人家庭，却毅然投身革命洪流。1928年1月，两人接受派遣，回到广州假扮夫妻从事革命斗争，却不幸被捕。临刑前，两位烈士将敌人的枪声当作自己婚礼的礼炮，用生命和爱情谱写出一曲千古绝唱。

《星星之火　可以燎原——井冈山斗争的故事》

1927—1929年，毛泽东、朱德等老一辈革命家，在井冈山创建了农村革命根据地，进行了艰苦卓绝的斗争，建立了新型革命武装，点燃了工农武装革命之火，找到了农村包围城市最后夺取政权的中国革命的正确道路。

《新民学会的主要发起人——中国共产党早期革命家蔡和森》

蔡和森青年时期曾与毛泽东等人一起组织进步团体新民学会，参加五四运动，并在赴法国勤工俭学时研读大量马克思主义著作，回国后以满腔热忱投身革命事业，成为中国共产党早期重要的理论家和宣传家。

《威震黄浦江畔　高奏抗日壮歌——一·二八淞沪抗战》

面对日本侵略者的挑衅，十九路军在蒋光鼐、蔡廷锴的带领下，高举义旗，奋力一搏。一·二八淞沪抗战，是中国军人捍卫军人荣誉和祖国尊严所发出的吼声，谱写了一曲抗击日军侵略的英雄壮歌。

《将军恨不抗日死——慷慨就义的吉鸿昌》

在国难深重的20世纪30年代，吉鸿昌将军因拒绝执行国民党指示，坚决不打内战，被迫携眷出国"考察"。回国后，他加入中国共产党，组织了民众抗日同盟军，英勇打击日本侵略者，后于1934年11月被国民党反动派杀害。

《献身革命　甘于清贫——梅岭忠魂方志敏》

大革命失败后，方志敏凭着"两条半步枪"起家，身经百战，创建了赣东北革命根据地和红十军。本书真实记录了方志敏投身于革命、领导红军和敌人进行艰苦卓绝斗争的经历，歌颂了烈士贫贱不移、威武不屈、献身革命的高尚品质。

《奏响中华最强音——人民音乐家聂耳》

聂耳在他有限的生命中创作了数十首革命歌曲，在抗日救亡运动中，聂耳的这些歌曲产生了广泛深远的影响。他的音乐创作为中国无产阶级革命音乐的发展指明了方向，树立了榜样。

《横眉冷对千夫指——中国文化革命主将鲁迅》

鲁迅不但是伟大的文学家，而且是伟大的思想家和伟大的革命家。在那风雨如晦的黑暗年代里，他以笔为投枪，同一切帝国主义和反动派进行了顽强的战斗，为中国人民树立了一个不朽的丰碑。他是新文化战线上的一面光辉旗帜，是我们伟大民族的灵魂。

《铁流两万五千里——红军长征的故事》

红军长征是人类历史上的一次伟大的壮举。第五次反"围剿"失败后，中国工农红军的三大主力在极端艰难的条件下，突破国民党军队的围追堵截，进行了史无前例的战略大转移，总行程达两万五千里以上。途中发生了许多动人故事，至今令人难以忘怀。

《荣辱不移革命志——创建陕北红军的刘志丹》

刘志丹是杰出的无产阶级革命家、军事家，西北红军和西北革命根据地的主要创始人之一。他一生热爱人民，追求真理，英勇善战，百折不挠，艰苦奋斗，忠心赤胆，为创建红军和革命根据地、为中国人民的解放事业建立了不可磨灭的功勋。

《英名永存北平城——爱国将领佟麟阁　赵登禹》

1937年7月28日，日军向北平郊区发动进攻。第二十九军副军长佟麟阁奉命在南苑率部与日军苦战，腿部受伤，头部被敌机炸伤，壮烈殉国。第一三二师师长赵登禹指挥部队顽强抵抗日军，右臂中弹负伤，仍继续作战。后在转移途中遭日军截击而牺牲。

《八百壮士 四行仓库铸军魂——谢晋元和他的战友们》

八一三抗战，中国军人以血肉之躯揭开全面抗战的帷幕。这是一场血战，是中国军人不屈不挠的英雄诗篇，其中的八百壮士守四行，成为这首英雄颂歌中最动人、最凄美的音符。一曲四行保卫战，铸就了不屈的军魂。

《八女投江 气贯长虹——八位抗联女战士》

抗日战争时期，以冷云为首的东北抗日联军8名女战士，为捍卫民族尊严，面对凶残的日寇，镇定自若，宁死不屈，投江殉国，表现了中华民族同敌人血战到底的英雄气概。她们的光辉形象，激励着千千万万的后来人。

《艰苦抗战 威震敌胆——著名抗日英雄杨靖宇》

杨靖宇将军是我国著名的抗日民族英雄。曾先后担任磐石游击队政治委员、东北抗日联军第一军军长兼政委、抗日联军总司令等职。领导军民对日寇坚持了长达9个年头的艰苦卓绝的斗争，最终以身殉国。

《死也不当亡国奴——镜泊抗日英雄陈翰章》

陈翰章，从1932年8月投笔从戎，直到1940年12月8日为抗击日本侵略者，战死在镜泊湖畔。他在抗日疆场上奋战了九年，他那可歌可泣的英雄事迹将为人们永世传颂。

《名将殉国 气壮山河——抗日将军张自忠》

著名抗日将领、民族英雄张自忠，生于忧患的时代，抱有"宁为百夫长，胜作一书生"的志向，经历过失败与低谷，最终成就了慷慨人生。本书主要以人物活动为主，勾画出一个真正的"民族魂"鲜活的人生，会带给读者振奋的力量。

《宁死不辱战士名——狼牙山五壮士》

1941年日寇在河北易县"扫荡"。为掩护群众和主力部队撤退，五

位八路军战士毅然把敌人引上了狼牙山棋盘坨峰顶绝路。弹尽粮绝、无路可退，五位英雄纵身跳下了万丈悬崖，用生命和鲜血谱写出一曲惊天地泣鬼神的壮举。

《太行浩气传千古——抗日名将左权》

左权，中国工农红军和八路军高级指挥员，著名军事家。是八路军在抗日战场上牺牲的最高指挥员。名将阵亡，太行山为之垂首，全党为之悲痛。周恩来称他"足以为党之模范"，朱德赞誉他是"中国军事界不可多得的人才"。

《虎将兴关外　抗倭统雄师——抗联英雄赵尚志》

本书描写了久经考验的共产党员、东北抗联的创建者和主要领导人赵尚志，在艰苦卓绝的条件下，坚持抗战，威震敌胆，战功卓著，忍辱负重，忠贞不屈，为国捐躯的英雄故事，为青少年读者呈上一部爱国主义的佳作。

《黄埔之英　民族之雄——抗日名将戴安澜》

抗日名将戴安澜，先后参加保定、漕河、台儿庄、武汉、昆仑关等战役，作战英勇，屡建奇功；入缅作战，"扬威国外，藉伸正义"；守东瓜，复棠吉；殒身缅北，遗恨丛林，马革裹尸，成就了光辉的一生。

《爱国志士　民主先锋——新闻出版家邹韬奋》

本书讲述了邹韬奋献身新闻出版事业的奋斗历程，展现了一位新闻工作者坚定的革命信念和炽热的爱国主义精神，全心全意为人民服务、为读者服务的奉献精神，歌颂了他的高尚情操和优良品质。

《为抗战发出怒吼——人民音乐家冼星海》

人民音乐家冼星海，青年时期在巴黎求学，饱尝屈辱与磨难；学成后毅然回到多灾多难的祖国，用满腔热忱谱写激昂的音乐，鼓舞中华儿女的斗志；奔赴延安，谱写出不朽的名作《黄河大合唱》，发出中华民族抗日救亡的怒吼。

《全民皆兵　抗击日寇——抗日战争的故事》

中国人民进行的十四年抗战，是一百多年来中国人民反对外敌入侵第一次取得完全胜利的民族解放战争。这场战争是以国共两党合作为基础，有社会各界、各族人民、各民主党派、抗日团体、社会各阶层爱国人士和海外侨胞广泛参加的全民族抗战。

《捧着一颗心来　不带半根草去——人民教育家陶行知》

陶行知是我国现代教育史上伟大的人民教育家、教育思想家。他从青年起就立志献身教育事业，以"捧着一颗心来，不带半根草去"的赤子之心，为人民的教育事业鞠躬尽瘁。

《为民主与和平拍案而起——民主斗士闻一多》

闻一多早年与梁实秋等人发起成立清华文学社。赴美留学期间由对祖国的深深眷恋而创作著名的《七子之歌》。后在西南联大任教8年，积极投身于抗日运动和争取民主的斗争，发表了著名的《最后一次讲演》。

《铁窗难锁钢铁心——革命先烈王若飞》

王若飞是我党早期杰出的无产阶级革命家。在艰苦卓绝的斗争中，他出生入死，屡建奇功，以超人的睿智和胆略，在敌人的监狱中，同敌人展开了殊死的较量，为抗战的胜利和新中国的诞生做出了卓越的贡献。

《横扫千军　还我河山——抗联名将李兆麟》

李兆麟是东北抗日联军创建人之一，他率领抗日联军历尽千难万险与日本侵略者浴血奋战，在极其艰苦的条件下，保存了抗日联军的有生力量，为东北光复做出了重大贡献。

《锄头开出新天地——解放区大生产运动》

为了解决困难，渡过难关，党中央号召党政军民齐动手，开展大生产运动。中国共产党在其控制区域内发动的一场军队屯田和鼓励生产的群众运动，达到了自己动手丰衣足食，共度难关，既进行革命又进行生产自足的目的。

壮心系科学　孜孜为国昌

——理论化学家唐敖庆

《生的伟大　死的光荣——女英雄刘胡兰》

刘胡兰，坚贞不屈的少年女英雄。生前对我国劳动人民的解放事业无限忠诚，在敌人威胁面前，大义凛然，毫无惧色，英勇牺牲，表现了共产党员的高贵品质。

《饿死不领美国救济粮——爱国知识分子的楷模朱自清》

朱自清作为爱国知识分子的典型，以锐利的笔锋直言痛斥反动政府的暴行，体现了他崇高的爱国情怀和不畏恶势力的精神品格。毛泽东曾给朱自清先生以高度评价："一身重病，宁可饿死，不领美国的'救济粮'"，"表现了我们民族的英雄气概"。

《为了新中国前进——舍身炸碉堡的董存瑞》

伟大的英雄，中国人民的儿子董存瑞，从儿童团长成长为一名光荣的解放军战士，在1948年解放隆化县城时，舍身炸碉堡，为新中国献出了自己年轻的生命。他的英雄形象永远留在人民心里。

《宁死不屈的共产党员——革命烈士江竹筠》

江竹筠，就是著名的江姐。1947年春，她负责《挺进报》工作，只几个月的时间，报纸就发行到1600多份，引起了敌人的极大恐慌。由于叛徒出卖，江姐不幸被捕，惨遭毒刑的残酷折磨，仍坚贞不屈。最后被特务秘密枪杀，年仅29岁。

《抗美援朝　保家卫国——志愿军的战斗故事》

抗美援朝战争是中国人民志愿军为援助朝鲜人民、保卫祖国安全，与美国为首的"联合国军"发生的战争。在朝鲜牺牲的志愿军烈士们，他们英勇的战斗事迹、保家卫国的精神值得我们发扬光大。

《上甘岭上壮烈歌——黄继光和他的战友们》

在1952年10月的上甘岭战役中，黄继光和他的战友们在零号阵地半山腰被敌机枪火力点压制，此时，黄继光身上已经多处负伤，手雷也已全部用光。为了完成任务，减少战友的伤亡，他用自己的胸膛堵住正在扫射的敌机枪射孔，为反击部队扫清了前进的道路。

《诗书印画　全入神品——国画大师齐白石》

齐白石出身贫寒，做过农活，当过木匠，后改学雕花木工，从民间画工入手，摹古人真迹，学诗文书法，融汇古今，而诗、书、印、画俱佳；他将中国画的精神与时代的精神统一得完美无瑕，使中国画得到国际的重视，无愧于"国画大师"的称号。

《毕生为文化而奋斗——中国第一出版家张元济》

张元济参与、主持和督导商务印书馆近六十年，使其从简单的印刷企业转变为当时中国教育出版的旗帜。张元济一生爱书，在中华大地动荡不安的年代里，他用自己对文化的热爱，续存着中华民族灿烂悠久的文明之光。

《独树一帜　梨园大师——著名京剧表演艺术家梅兰芳》

梅兰芳，京剧大师，演唱风格独树一帜，世称"梅派"。曾先后赴日本、美国、苏联演出，并荣获美国波摩那学院和南加州大学的荣誉文学博士学位。作为一位爱国者，抗战期间蓄须明志，拒绝为日本人演出，为后世称颂。

《华侨旗帜　民族光辉——爱国侨领陈嘉庚》

陈嘉庚是著名的爱国华侨领袖、企业家、教育家、慈善家、社会活动家。他为辛亥革命、民族教育、抗日战争、解放战争、新中国的建设做出了卓越的贡献。生前被毛泽东誉为"华侨旗帜、民族光辉"。

《向雷锋同志学习——伟大的共产主义战士雷锋》

雷锋，一个平凡而伟大的共产主义战士，一心向着党，一生秉承着全心全意为人民服务、无私奉献的崇高思想；发扬刻苦学习和钻研理论的"钉子"精神；坚持勤俭节约、艰苦奋斗的优良作风。毛泽东为其题词："向雷锋同志学习。"

《人民的好公仆——县委书记的好榜样焦裕禄》

焦裕禄，被誉为县委书记的好榜样。他用自己的革命精神，展开了与大自然、与社会落后现象、与病魔的多重抗争，让我们领略到一

个共产党人的生之伟大、死之壮美的人格品质和具有现实教育意义的精神魅力。

《文学巨匠 京味大师——人民作家老舍》

老舍是我国现代小说家、文学家、戏剧家。他用融入骨髓的真诚文字反映生活的喜怒哀乐。老舍的一生，总是在忘我地工作，他是文艺界当之无愧的"劳动模范"，生前被北京市人民政府授予"人民艺术家"的称号。

《革命老人——无产阶级教育家徐特立》

徐特立是一代伟人毛泽东的老师。他出生在贫苦家庭，大部分时间生活在动荡艰苦的年代；他刻苦勤奋，不畏艰辛，追求光明，一生勤俭，为革命培养了大量的人才；他对党和人民任劳任怨，鞠躬尽瘁。他坎坷奋斗的一生，留下了许多可歌可泣的故事。

《人生能有几回搏——新中国第一个世界冠军容国团》

容国团先后担任中国乒乓球队运动员、女队主教练。获得1959年男子单打世界冠军；1961年夺得男子团体世界冠军；作为中国女队主教练，1965年率女队第一次夺得女子团体世界冠军。他的"人生能有几回搏"的豪言，举国传诵。

《石油工人一声吼 地球也要抖三抖——铁人王进喜》

王进喜，新中国第一批石油钻探工人。他为祖国石油工业的发展和社会主义建设立下了不朽的功勋，在创造了巨大物质财富的同时，还给我们留下了宝贵的精神财富——铁人精神。他被评为"百年中国十大人物"，写入中华民族的光辉史册。

《做人民需要我做的事——著名地质学家李四光》

李四光是一位伟大的科学家，他一生从事地质学研究工作，足迹遍布祖国的山川，为祖国探明了许多地下宝藏；他创建了崭新的学说——地质力学；他历尽重重困难，为正确认识地质构造开辟了一条新路。

《中国化学工业的先驱——著名化学家侯德榜》

为摆脱纯碱需要进口的窘况，20世纪初，怀着"实业救国"梦想的中国化工先驱侯德榜等人创办了永利碱厂，并立志生产出中国人自己的碱。1926年，永利碱厂终于成功地生产出"红三角"牌纯碱，从此中国制碱业得以跨入世界先进行列。

《毕生求是 一丝不苟——著名科学家竺可桢》

著名科学家竺可桢献身科学研究；治学严谨，一丝不苟；一生廉洁，两袖清风；作风民主，爱护学生。他以爱国之心、报国之志，从一个民主主义者逐渐成长为一个共产主义战士。

《热爱自然的大地之子——著名植物学家蔡希陶》

蔡希陶，五十载风雨，五十载坎坷，五十载奋斗，五十载开拓，为了发现对人类生产、生活有用的植物及新物种的引进而做出巨大贡献，在中国的植物资源学史上将永远镌刻着他的名字。

《高洁无私的襟怀——知识分子的楷模蒋筑英》

蒋筑英是中国当代知识分子的先锋典范，他不为名，不为利，尊重科学；他以坚忍的毅力和顽强的作风，在科学的道路上呕心沥血，鞠躬尽瘁，无私地奉献了青春和生命。

《迎接新生命的天使——卓越的妇产科专家林巧稚》

林巧稚是国内外享有盛誉的妇产科专家。在五十多年的医学教育和临床实践中，林巧稚亲自接生了五万多婴儿，治愈了数千病人，培养了数以百计的专门人才，为我国的妇女儿童事业做出了不可磨灭的贡献。

《独自成千古 悠然寄一丘——国画大师张大千》

张大千是20世纪中国画坛最具传奇色彩的国画大师，无论是绘画、书法、篆刻、诗词无所不通。在艺术界深得敬仰和追捧，艺术家们用真挚的感情，用绘画和雕塑展现了"张大千"多彩的艺术形象。

《建造中国的通天塔——著名数学家华罗庚》

中国当代著名数学家华罗庚，为中国数学的发展做出了无与伦比的贡献，他是中国解析数论、典型群、矩阵几何等多方面研究的创始人与开拓者，也是我国最早将数学理论研究与生产实践紧密结合的科学家。

《问鼎长天　强我国威——两弹元勋邓稼先》

邓稼先是我国著名科学家，参加组织和领导我国核武器的研究、设计工作，从对原子弹、氢弹原理的突破和试验成功及其武器化，到新的核武器的重大原理突破和研制试验，作出了重大贡献。是我国核武器理论研究工作的奠基者之一，被誉为"两弹元勋"。

《敢叫天堑变通途——桥梁专家茅以升》

中国著名的桥梁专家茅以升从小立志为祖国建造桥梁，经过不懈努力，他不仅设计建造了一座座宏伟壮观、坚固实用的道路桥梁，而且搭建了一座座友谊之桥，为祖国建设作出了卓越贡献。

《蘑菇云之梦——核物理学家钱三强》

被誉为"中国原子弹之父"的核物理学家钱三强，更名后立志于科技报国；24岁投师于世界著名核物理学家居里夫妇；与夫人何泽慧合作，发现铀的"三分裂""四分裂"现象；统领我国的原子大军，做了大量创造性工作。

《两离桑梓地　满怀雪域情——领导干部的楷模孔繁森》

孔繁森，是一位一尘不染、两袖清风的好干部。两次进藏工作，历时十载，为西藏的建设、发展和稳定作出了突出的贡献。1994年11月，孔繁森不幸以身殉职。人民群众称他为新时期领导干部的楷模。

《摘取数学皇冠上的明珠——著名数学家陈景润》

陈景润是享誉世界的数学家，为了证明"哥德巴赫猜想"，他以惊人的毅力在数学领域里艰苦跋涉，终于攻克了世界著名数学难题"哥德巴赫猜想"中的"1+2"，创造了中国乃至世界数学史上的辉煌。

《学术独步　饮誉四海——享有国际威望的科学家卢嘉锡》

卢嘉锡是一位在国际科学界享有崇高威望的物理化学家、化学教育家和科技组织领导者。1945年，卢嘉锡满怀"科学救国"的热忱回到祖国，对中国原子簇化学的发展起了重要推动作用，他所指导的新技术晶体材料科学研究，也取得了重大成绩。

《德艺双馨　梨园楷模——著名豫剧表演艺术家常香玉》

常香玉1941年赴陕甘演出。1948年在西安创办香玉剧社。1951年为支援抗美援朝，率剧社巡回西北、中南、华南各地演出，以演出收入捐献"香玉剧社号"战斗机一架，素有"爱国艺人"之誉。

《文学大师　激流勇进——著名作家巴金》

本书以巴金生平和主要事迹为线索，回顾和展示现代著名作家巴金的一生，以期让人们看到巴金在这风云变幻的100多年中，有过成功的欢欣，有过屈辱的磨难，有过痛苦的忏悔，有过平静的安宁。巴金的人生，映照着一代中国五四知识分子坎坷而不平凡的命运。

《壮心系科学　孜孜为国昌——理论化学家唐敖庆》

本书讲述了唐敖庆从出国求学、学业有成、回国任教，到服从安排、艰苦工作、刻苦钻研，最终成为中国量子化学奠基者的过程。让人们看到了这位著名化学家的赤心爱国、严谨治学、大公无私的崇高品格和科研上的卓越成就。

《中国导弹之父——著名科学家钱学森》

当第一颗原子弹升空的时候，当中国的人造卫星奏响《东方红》的时候，当中国运载火箭腾空而起的时候，当中国研制的导弹准确命中目标的时候，人们都会想起他的名字：中国导弹之父钱学森。

《中国近代力学的奠基人——著名科学家钱伟长》

钱伟长曾以中文和历史两个100分的成绩考入清华大学。九一八事变后，钱伟长毅然放弃了文科的学习而转为理科。他是中国近代力学、应用数学的奠基人之一，在固体力学、流体力学以及航空航天领域，取

得了卓越的成就，为新中国的现代化建设付出了毕生的精力。

《中国光学科学的奠基人——著名科学家王大珩》

王大珩是我国著名的科学家，中国光学科学的奠基人。他先在清华就读，后赴英国求学，学业有成，立志科学救国，其成就享誉神州。他以科学的求是精神和赤诚的爱国情怀，探索着中国光学发展的闪光之路。